活着就要发声

雪漠 著

中国大百科全书出版社

图书在版编目（CIP）数据

活着就要发声 /雪漠著.--北京：中国大百科全书出版社，2018.4
ISBN 978-7-5202-0260-2

Ⅰ.①活… Ⅱ.①雪…Ⅲ.①散文集-中国-当代
Ⅳ.①I267

中国版本图书馆CIP数据核字（2018）第059934号

出 版 人 刘国辉
策划编辑 李默耘
责任编辑 姚常龄
责任印制 魏 婷
装帧设计 李 洁
插画设计 画欣Cindy
封面设计 一千遍工作室
出版发行 中国大百科全书出版社
地　　址 北京阜成门北大街17号
邮　　编 100037
网　　址 http：//www.ecph.com.cn
电　　话 010-88390603
印　　刷 北京地大天成印务有限公司
开　　本 880毫米*1230毫米 1/32
字　　数 190千字
印　　张 9.75
版　　次 2018年4月第1版第1次印刷
定　　价 42.00元

序

Preface

好书是善的火种

活着就要发声

本书是笔者专门为那些没有时间读长篇大论的朋友写的，可以供他们在地铁上或是别的地方随意翻翻，或许能让清凉入心，驱走热恼。

无论是自身的经验，还是身边人的经历，都让我无数次地发现，读书确实能让一个人改变命运，它不是一种单纯的娱乐消遣。

当然，我说的书，不是那类增加人欲望，教人如何谋算的书，而是去掉心机，为灵魂提供营养，让灵魂变得强大的书。

可惜，现代人太忙了，忙得没时间看书了。或许，在很多人的一生中，能花上大量时间看书的，也只有大学时期了。我的一个学生说，她很庆幸自己读大学的前两年，是在一个被玉米田包围的地方度过的。那个地方离大城市有两小时的车程，所以她没有太多的娱乐活动，大部分时间都在看书。阅读让她年轻浮躁的心得到了沉淀，让她有了思考人生、思考灵魂的时间。她说，当初老师们苦口婆心、一遍一遍地告诫他们，要在读大学的四年里多看看书，毕业后，她才知道老师的这些话是真理。在踏入社会之前，让伏尔泰、庄子、陀思妥耶夫斯基等大作家的作品指引自己，让自己懂得在扑面而来的诱惑中做出选择，这会让“向上”成为自己一生的基调。而人对灵魂，对精神，对善，也会有更加深刻的理解。

虽然现在很多人都在行善，但我们的评价体系并没有把“善”作为最高的参照物，或者说价值评判体系。许多人首先考虑的，还是物质。在他们的观念中，物质有了保障，才会进一步考虑形而上的问题，这也是人们认为只有满足物质条件的人才会读书的原因。甚至，有些人会因为行善却没有得到金钱上的回报，而遭到身边人的嘲笑，认为他没钱还行善，或是行善用掉了他本来就不多的储蓄。在这些人的眼中，“行善”是一种消费品，这就是社会的大环境。

不过，很多人不是没有善心，也不是不愿行善，而是不敢行善。为什么？因为，媒体曝光的乞丐骗局让很多人不再愿意对那些看似没饭吃的人伸出援手。你想，当你知道自己帮助的人其实是个骗子时，你还会毫不犹豫地去帮助他吗？而且，很多人因为缺乏行善的智慧，听到一些言论之后，就会对行善产生误解。

我曾看过这样一则实例。有人给了一个乞丐一块钱，旁边卖东西的老妪就心理不平衡了，她说，自己辛苦了一天，才赚了五毛钱，乞丐什么都没做，却得到了一块钱。那人听说之后觉得也对，从此就再也不向乞丐施舍了。因为他觉得，人不能不劳而获，否则就是对别人的不公平。这种看法不是没有他的理由，但是他们都忘记了，乞丐并不是什么都没做，他付出了自己的尊严。有传闻说，一些乞丐比都市白领还有钱，但这种传闻出现之后，并没有多少人争着去做乞丐。为什么？因为，人活着，最重要的就是有尊严。跟一个失去了尊严的人，还有啥好计较的？没法帮助他们走出困境不要紧，但我们至少可以不去落井下石，而是给他们一点理解、尊重和关爱。

我发现，现在愿意给乞丐钱的，有不少是年轻人，也有很多年轻人去做志愿者，在一些公益活动里，我就总能看到年轻人的身影。所以，对社会的未来，我总是很乐观。即使经常看到社会的阴暗面，我也不在意。从人类诞生之日起，善恶的交锋就没有止息过，但人类仍然在不断地走向光明。因为，善的火把在不断地点燃，在不断地传递，善的精神也会一代一代地传承下去。

但愿我的这本小书，也能成为一个火把，为世界传递一点善的火种。

活着就要发声

目录

Contents

第一章·书中世界

第二章·以文铸心

活着就要发声

第三章 · 大善之心

第四章·大善之行

第一章 Chapter 1

书／中／世／界

活着就要发声

如何选择书籍

如果要说我生命中最重要的事，那一定是读书。甚至可以这样说，如果不读书，我就不可能成为今天的雪漠。

虽然在生活中的不断观察，不断体验，确实可以让我吸收很多的营养，让我的心灵成长，但假如少了与书中那些伟大心灵的交流和碰撞，我永远都不可能真正地长大，因为我的眼光将很难超越我的生活环境。所以说，读书的作用是无可替代的。

但是，现代人读书时，存在一个很大的问题，就是缺乏对书的选择，而我们又经常会遇到“坏”书。坏书传播着许多对人类心灵无益的思想和观点，它会让读它的人变得更加贪婪、无知、消极、愤怒，对于那些缺乏判断力和抵抗力的心灵来说，它就像毒药一样可怕。与其花费大量的生命时间去读那些坏书，还不如不读书。除了书，世界上还有很多东西，都不值得你花费生命去接触，比如网络上流行的那些你杀我、我杀你的闯关游戏，以及偷菜游戏，等等。那些偷菜游戏没有任何营养，还让孩子们从小养成了偷菜的习惯。有什么意思？偷上很多菜，不就是个卖菜的吗？偷上一辈子，不就是个贼吗？你能偷成爱因斯坦吗？你能偷成牛顿吗？不能。所以，这些东西都是在浪费生命。我提倡的读书，是指读真正的好书，读真正值得一读的书。比如说，各民族认可并且传承下来的经典读物大多都是好书。在文学作品的阅读方面，我更侧重于阅读国外各个文学流派的经典。对我影响最大的是俄罗斯文学，俄罗斯文学那种独有的大气，那种渗透在作品中的宗教精神，是欧美及其他国家的文学作品所不能比的。

那么对我来说，选择书籍，首先去读这辈子必须要读的书，不读它就是我人生的损失。我从人生中最应该读的第一本书开始读，读完后，再读我人生中最应该读的第二本书，然后是最应该读的第三本书……当我不读它们，我的人生就有一种缺憾的时候，我就把其他的书都暂时放一放，去读那些我必须要读的书。此外，还要精通“易筋经”，就是把吸过来的

我所读的书，必须要能为我的灵魂提供营养，如果它仅仅是一种精神毒药的话，不管它多么出名，多么畅销，我都宁可错过它。

东西化成自己的营养，让自己成长。许多很好的学者，都擅长“吸星大法”，但他们不一定擅长“易筋经”。那些不擅长“易筋经”，只擅长“吸星大法”的学者，就会变成“书橱”。所以，每读一本经典，都要读透。读不了太多的书也不要紧，只要你能读透一本书，就够了。当然，我不是叫大家一辈子只读一本书，而是说，这辈子我们至少要读透一本书，然后再读别的书。这就是读书的诀窍。我就是这样选择读书的。

我还有一个标准是，我所读的书，必须要能为我的灵魂提供营养，如果它仅仅是一种精神毒药的话，不管它多么出名，多么畅销，我都宁可错过它。还有一种情况是，现在需要读什么书，我就读什么书。比如，我写小说的时候，需要哪方面的知识，我就去专读那一类的书。当然，有时候我也会读一些消遣性的书，但它们仍然是我必须读的书，比如说我会以消遣的心态去读各流派的经典小说。

所以，书籍的选择要先明白这辈子必须读的是哪些书，而不是一时贪图享乐的选择。

但要知道，读的书如果不能对现实发挥作用，读再多也只能变成一个“书橱”和“腐儒”。如果你能学以致用，才是真读书。真读书者，会一天比一天更有力量，人格也会一天比一天更加完善、完美。那么，他的人生就必然发生改变，他的世界也罢、舞台也罢，也会越来越大。

阅读不仅仅是一种娱乐

在我过去的人生中，一些经历都变成了记忆，更多的，为遗忘所吞失。五十岁那年，我盘点了一下，才发现，虽然我经历了很多事，但大多云烟般消失了，只有几件事留了下来，直接地影响了我的生命，那便是读书、修行和写作。

我的读书，总是像战士攻克城堡那样，对每一本书进行研究式的阅读。就是说，我首先集中读某个作家的作品，把他的所有作品都读透，掌握其中的精髓和思想，然后再读另一个作家的作品。我不愿囫囵吞枣地读书。

当我喜欢一个作家时，会搜集他的所有作品，然后非常系统地，一遍一遍地读。一边读，一边思考，把里面的文化、品格、精神、技巧、人物、优势、局限等东西全都摸透，当我觉得自己汲取了其中的所有养分时，才去读另一个作家的作品。我始终坚持这样逐渐深入的阅读方式。我认为，真正的读书不能走马观花，不把书读透，不深入吸收其营养，不把书中的思想变成自己的东西，让自己成长，就没必要花时间读书。我的读书，是人格修炼的另一种方式，不仅仅是为了愉悦自己。

我曾读过全世界各个文学流派的代表作，从中汲取了大量营养。我总在阅读时陷入一种很深的宁静，感受另一个生命那鲜活的灵魂和跳跃的脉搏。我在阅读中跟他们对话，让我承载的文化与他们承载的文化进行交流、碰撞。我既不屈从于他们的思想，也不会拒绝他们的思想，我总是积极地主动思考，拒绝其局限，吸收其精华。因此，我在阅读中一天天成长。

不过，对书籍的选择，也不能一概而论。比如，我很早就读过《红楼梦》，但真正系统地研究它，还是在二十五岁到三十岁这个阶段。太早读名著，或许不一定是好事。因为，没有一定的人生阅历、智慧积累，就读不懂它。但有时也说不清。陈亦新的母亲在上初中时，就打着手电筒、躲在被窝里读《红楼梦》，如痴如醉。我认识的一些作家，五十多岁了，却仍然读不进《红楼梦》。所以，读名著、读经典，或许跟年龄没有绝对的关系，只跟一个人的天赋和秉性有关。如果一个人没有足够的天赋，就不要逼着他从小读名著；如果一个人天赋很高，就顺着他的性子，让他多读一些经典好书。

实际上，不只读书，对生活的观察也是这样。古人说过，读万卷书不如走万里路，所以很多人放下书本，踏出家门，到外面的世界去汲取养分。这也很好，然而，其中的一些人却没有真正地得到滋养，只把走路当成了积累知识的过程。虽然这也很重要，但不能升华为智慧的知识，无法让你成长，无法影响你的人生。如果没有一种深入研究的态度，不管你读万卷书，还是走万里路，都不可能从小树苗长成参天大树。

让知识成为营养的智慧

常有人问我，如何才能有质量地学习？

我总是告诉他们，让所有知识都成为营养，而不是成为枷锁。什么是枷锁呢？如果那知识和经验，在你的生命当中，仅仅是一种僵死的教条，你不能驾驭它们，反而被它们束缚了，那它们就是枷锁。它不但不能帮助你成长，反而限制了你心灵的自由。

换句话说，衡量一种东西是否真正成了你的营养，要看它是不是影响了你的生活方式。就像你喝了牛奶，补充了相应的养分，但你的身上再也找不到牛奶的痕迹，这就叫吸收了营养。就是说，你学会了某种知识，将其融会贯通之后，无须牢记它的概念与形式，在你的写作甚至日常生活当中也能灵活运用之，这就叫营养。

我举个简单的例子，我唱西部民歌时，从来不考虑技术上的问题。我会为了心中涌动的爱而唱。这时的唱，是灵魂的流淌，是自然天成的。我收获到的，是一种巨大的快乐。而西部民歌中那大爱的力量，也会滋养我的心灵。我不在乎自己唱得好听还是不好听，也不在乎有没有人为我鼓掌。但时下的许多歌手就不一定这样。他们一边唱，一边在乎自己的声音是否迷人，一边注意着是否有人喝彩，还会考虑一些技术问题。同时，他们还希望用自己的唱来换取一些东西——如他人的好感、他人的认可，某种金钱物质的利益，等等。当然，这也无可厚非。但问题是，要是他们过于在乎外物，便无法真正享受唱歌本身的那种快乐了。有一个非常优秀的歌星，他拥有一个很大的舞台，他本可以尽情地歌唱、尽情地享受人生、尽情地享受爱，但他却因为某种不满足，患上了忧郁症，后来自杀了。人生就是这样，当你想用自己的某种行为来换取外物的时候，你就可能会衡量自己的期待与现实之间的距离。当这中间存在一种巨大落差的时候，你就会感到痛苦。你欲求的高度——我们称之为“贪”——决定了你的痛苦程度。所以我说：“心大则诸法为营养，心小则举世皆绊索。”

所以对我们来说，要让接触到的现象也罢，文化也罢，知识也罢，都化为营养，而不是枷锁，这是一种智慧。当真正拥有一种智慧的时候，就能从各种现象中，挖掘出能令自己成长的东西，而不是简单地往自己的信息库里面填充一些毫无意义的数据，更不是为自己搜罗一种茶余饭后的谈资。

心大则诸法为营养，心小则举世皆绊索。

作家该如何写作？

什么才是我认为作家应该去写的，有价值的好作品呢？

我所认为的好作品，必须达到两个标准：第一，这世上有它比没有好；第二，人们读它比不读好。如果达不到这两个标准的话，我宁可不去写作。这就是我的写作为什么总是集中于苦难、灵魂、超越、永恒这几个主题的原因。

要知道，老百姓真的太苦了，他们是弱势群体，谁都可以欺负他们，但很少有人为他们说说话。如果我们也加入到欺负他们的行列里面，或是闭上眼睛，说些假清高的话，还有啥价值？我举个例子，农民父母养育了我，勒紧裤腰带供我念书，要是连我都不为农民说几句话，那我父母当初的“供”，就没有任何价值。同样道理，如果一个作家不关心人类的苦难，而只为自己的名声与稿费而活的话，也就没啥太大的存在价值了。

为什么这么说？因为，世界上的一切都在哗哗地变化着，像流水一样，无论你拥有多少财富，它们都终究会离你远去，你想留都留不住。古今中外，多少富可敌国的人早已被后人遗忘？他们曾经拥有的一切，在他们的肉体消失之后，还仍然属于他们自己吗？他们毕生创造的财富，或许早变成儿女反目成仇的诱因，或许已变成了妻子改嫁的嫁妆。这些财富有什么意义呢？所谓个人得失，实际上跟风雨雷电一样，都是转瞬即逝的东西。如果一个作家为了这些转瞬即逝的东西付出整个人生的话，真有些不值得。你拥有的物质也罢、金钱也罢、产业也罢，无论什么，都会不断变化，都不会永恒。只有一种精神的东西，才能依托人类的心灵不断传承下去，只要人类不灭亡，它就会不断延续、不断传承，成为一种相对的永恒。

这个世界不在乎你曾经获得多高的社会地位，曾经拥有如何庞大的财产，曾经掌握多少生杀大权，它只在乎你是不是能够为别人带来一种真正的好东西，是不是能够给世界带来真正有益的影响。如果能，那么你就能得到相对永恒，像佛陀一样；假如你不能，那么，你即使活着也会很快被人遗忘。能否为世界带来一种正面影响，这种影响能够达到一种怎样的程度，在于你的心灵达到了一种什么样的境界，你的胸怀是不是足够博大，是不是能放下好多个人的东西。如果你的胸怀达不到大境界，你就当不了真正的大作家。

一个人如果能用自己的行为，为世界贡献一种真善美的东西，他的精神就会超越肉体的限制，相对永恒地存活下去，他就实现了一种真正的价值。而一个作家的命运更是如此，这就是我不断强调作家们应该注重人格与心灵修炼的原因。

迷失的主流化

我到一些地方参加会议时，发现大家都在制造话题，在制造游戏规则，然后自己在自己营造的某种氛围里狂欢。他们丝毫不知道，世界并不在乎他们。

换句话说，文学界小圈子里的那种狂欢、那种游戏规则，只是自己制造出来的一种虚假喧嚣，是一种自得其乐的东西。当一些人在自得其乐，并且把这种自得其乐的东西弄得非常喧嚣，就会形成一些流行话语。有时候，如果你把这种喧嚣、这种话语和人类存在联系起来，就会发现，这种东西已对整个人类造成了巨大的负面影响。但问题是，流行话语自己不去思考这些问题。他们不去直面人类存在与人类灵魂，也读不进这个领域的诸多好东西。只有那些没有被流行规则所裹挟，远离流行规则和话语的人，才能从这类作品中读出真东西。

有时候，我们的社会也会处于一种迷失状态，无论作家也罢，老百姓也罢，都会被一种概念裹挟。大家都像磨盘上的蚂蚁一样，不管怎么挣扎，都逃不出转动着的磨盘，几乎所有人都陷入了一种不自由的状态。我看过诸多评论，诸多畅销书，也接触过诸多流行概念，我发现，那里面充满了他们建立的一种游戏规则，有些规则看起来非常正确，但其实可能是错误的。现在，对文学失望的人越来越多，对文学失去兴趣与信心，以至于离开文学的人也越来越多。这就证明，目前的游戏规则中有一种错误的导向，它远离了人类当下的需要。

我们需要人的独立精神，或者人的主体性的觉醒。它告诉人们，必须跳出这个磨盘，超越这些规则，用一种超越的眼光来观察它。我不在乎他们的游戏规则，不跟他们玩这个规则，甚至不跟他们玩这个游戏。如果我想玩，就会建立自己的规则。

但好多人都不愿意正视这一点，反而去质疑一些被主流话语否定、却被市场认可了的 80 后作家。很多人都想不通，为什么这些孩子的作品发行量会这么大？其实答案很简单：这个

大家都像磨盘上的蚂蚁一样，不管怎么挣扎，都逃不出转动着的磨盘，几乎所有人都陷入了一种不自由的状态。

世界上还有另外一种游戏规则。不管这种规则市场化也罢，什么也罢，至少证明了他们身上肯定有着一种我们没有的东西。好多作家不认可他们，就无法从他们的作品中得到营养，更不会发现一些我们应该关注、却没有关注的东西。

缺的是心灵，不是市场

虽然现在有些作家认为政策和市场影响了他的写作，但我并不这样想。我一直觉得，把自己写不出好东西的原因归咎于“意识形态”，这是在替自己找借口。在这个世界上，没有什么事情比找借口、找理由更容易的事，但是借口和理由改变不了我们的命运。命运如何改变？变心，才可变命。

我举个简单的例子，如果现在出现曹雪芹，他能写出《红楼梦》，就肯定能发表；如果出现罗贯中，他能写出《三国演义》，也肯定能发表；

出现施耐庵，能写出《水浒传》，还是肯定能发表。问题是，你能不能把自己变成曹雪芹、罗贯中、施耐庵？

这个时代缺的是一些像曹雪芹、司马迁，甚至李白、杜甫这样具有伟大心灵的作家，而不是宽松的政策和包容的市场环境。我的“灵魂三部曲”中有很多关于信仰的内容，同样出版了。这就证明了现在的这个时代，并不是不允许人们说一些该说的话。问题是你知不知道这个世界真正需要的是什么，你真正该说的又是什么；你能不能写出一些与整个人类真正有关的东西，能不能感受到生活中一种真正震撼人心的大美。这些东西，才是我们真正应该反思的，它远比写作技巧和研究市场更加重要。

如果你是个“近视眼”，就只能看到脚下的一点点空间；如果你的心很小，只能盛下一点点利益，比如稿费、车子、楼房，你的心盛不下人类的灾难，盛不下人类的向往，那你还能写出什么真正的好东西？即使这个世界给了你一个大海，你心量也会导致你只能舀其中的一瓢水，你贡献社会的就只有这瓢水。而且，当你倒完这瓢水之后，还必须再舀一瓢才能拿去卖——因为你的心里只装得下这么一点点东西。这个时候，你再去说自己本来能写出一个大海，却因为其他原因，只写出了这瓢水，就显得非常滑稽了。

不仅是作家，我们每个人都必须正视的一点是：任何借口，都会阻碍我们进步，即使它能为我们提供一种暂时的心理安慰，但那心理安慰，也是害人的毒药，因为它会麻痹我们的向往和追求，让我们漠视自己真正的问题，然后漫无止境地停滞不前。

寻常处自有不寻常

在我的《猎原》初版后记中，讲过一个故事：

十多年前，甘肃武威发现了一个西夏的洞窟，史称“金刚亥母洞”。洞中出土的，是西夏王国的无数珍宝和文书，它们叙写了那个王朝的辉煌。珍宝后来被请入博物馆，文书却被农民烧了。后来，一位专家捡到残片，捶胸顿足。因为，那些文书，是西夏国师的往来书信，里面有当时最寻常的日常生活记录。而这些，正是今天的西夏研究最缺乏的资料。

元朝时，成吉思汗的铁骑灭了许多国家，西夏是其中之一。蒙古兵毁城池，杀百姓，烧文书，想把西夏王国整个地从文明史上抹去。它几乎达到了目的。至今，我们仍无法详细地知道西夏的老百姓如何活着。留在世上的所谓考证资料，大多干巴巴的，而且十分稀缺。根据经验，我们不能信任一些所谓历史，它常常被强权涂抹得十分可疑。所以，最真实地记录历史的，应该是最寻常的百姓生活。可惜，西夏的文人，似乎没有自觉描绘日常生活的习惯和意识，自然不会为历史贡献出优秀的小说家。

那时我想，若有一个西夏文人，不需任何卖弄，只要质朴地忠实地记录西夏人的日常生活，他注定会不朽。要是他在艺术境界上达到一定水准，便成我们期待的大作家了。同样，在我们当代，要是有一位作家这样做了，也应该有其历史价值。

我问过好多人：你知道你的四代以上的祖宗如何生活吗？回答是：不知道。许多子孙，甚至不知祖宗姓名。仅仅过了几代，祖宗就已被生活遗忘了。岁月无情地掩埋他们肉体的同时，也掩埋了一段真正的历史。百十年后，我们也将被岁月掩埋，消融于一个巨大的虚无之中，像苍蝇飞过虚空，留不下一点痕迹——要是我们的作家同西夏文人一样失职的话。多么可怕！

我认为，文学的真正价值，就是忠实地记录一代人的生活，告诉当代，告诉世界，甚至告诉历史，在某个历史时期，有一代人曾这样活着。托尔斯泰之所以伟大，就在于他忠实记录了一个时期的俄罗斯人如何活着。伟大的作品，应该写出当代人如何活着。它像生活一样丰富，也像生活一样质朴，没有任何虚假的编造，有的只是对日常生活的升华和提炼，以及从日常生活中发现的文学诗意。它可以坦然地对历史和世界说：瞧，他们就这样活着。

文学不能单纯地靠故事取悦读者。从古至今，会编故事者多如繁星。几千年后的人也会编故事，也许会编得更为精彩。但他们绝不会展现我们所经历的生活。没有人生的历练，任何编造，都显得十分虚假。对作家来说，生命的体验和感悟是不可替代的。

一个作家，最重要的素质，是在日常生活中发现文学诗意的能力。这诗意，或是人物，或是故事，或是生活画面，或是一个世界。更要像蜜蜂采蜜一样，从最寻常的生活里，发现不寻常的东西。他的心灵和文学观念，决定了他日后的成就。正如一个青苹果，虽小，却具有了成为大苹果的基因；而山药，无论如何施肥浇水，成熟的，终究是山药。除非，他进行脱胎换骨式的灵魂历练。

文学的真正价值，就是忠实地记录一代人的生活，告诉当代，告诉世界，甚至告诉历史，在某个历史时期，有一代人曾这样活着。

说说质朴

俗话说艺术来源于生活，而又高于生活。然而，在当代作品中，作家们把情绪化的语言和胡编乱造的情节生硬地塞进作品，想要创造出张牙舞爪的伟大，而生活中的鲜活却被远远地抛弃。

殊不知，这些人为的表面伟大却恰恰损坏了作品本身，破坏了其应有的朴素。因为真的伟大，应该是质朴。走进佛殿，龇牙咧嘴的，可能是鬼、夜叉，至多是罗汉。而佛和菩萨，则永远是安详的。一个猴子，即使它有翻天覆地的神通，也不过是个难为众仙心仪的“弼马瘟”，哪怕它自封为“齐天大圣”

也改变不了其本质。只有当它经过无数次的自我超越，消去火气，降伏无明，证得智慧，从绚烂归于平淡，从舞棒弄棍到安详微笑的时候，它才可能成“斗战胜佛”。这也便是为什么绝大多数名著的风格十分朴素的原因。遗憾的是，那些作家自己竟也产生了错觉，以为自己真的很伟大，就像背对快要落山的太阳看到自己长长的影子一样。

他们不知道，真正的历史画卷是生活，是平平常常的生活。是一滴滴生活之水，汇成了历史潮流。作家应该描绘的，就是这些平常的，然而又是最真实的生活。作品的价值也就在于真实地记录这段生活，真实地记录一个历史时期的老百姓如何活着。《战争与和平》《安娜·卡列尼娜》《红楼梦》等一些伟大作品就是这样。它们之所以伟大，并不在于其博大得张牙舞爪和精深得莫名其妙，而恰恰在于其真实、质朴，甚至琐屑。传神地写出了琐屑，也就写活了一个个生活画面。正是这些活的琐屑构成了作品的伟大。有时，我们看这些作品时，甚至看不到作者。看到的也不仅仅是引人入胜的故事，更多的是扑面而来的生活和呼之欲出的人物。

我就不想当时髦作家，也不想编造离奇故事，我只想平平静静地告诉人们：我的西部农民父老就这样活着。活得很艰辛，但他们就这样活着。我的创作意图就是想平平静静告诉人们（包括现在活着的和将来出生的），在某个历史时期，有一群西部农民曾这样活着，曾这样很艰辛、很无奈、很坦然地活着。仅此而已。

故事在对我倾诉

我讲个真实的故事。

有一次，我到甘肃的张掖开会的时候，跟几位作家去洗头，在发廊里遇到一个小女孩。这个小女孩才初中毕业，显得非常单纯。她每天要干十多个小时的活儿，不但拿不到一分钱，而且还要给老板交好多所谓的学费。我非常同情这个小女孩，就劝她别干这营生，去好好上学。我还向她承诺，如果她经济上有困难的话，我可以提供一些帮助。但她说父母不让自己继续读书。我仍然劝她，叫她再去跟父母谈谈，若是他们同意的话，就给我打电话。

当时我留给她一张名片，还请她和她的同伴吃了饭，送了她几本书。后来，我一直等着她的电话，可是她一直没有给我打电话。回到武威，我心中一直很难受，那么好的一个孩子，却不能上学，好在那发廊很正规，没有一些说不清的勾当。但我真想帮帮她。所以，后来我去张掖的时候，就又去发廊找她，这才知道，原来她已经不在那儿干了，回了一趟家之后，就到了一家洗浴中心工作。我按照她同伴给我的地址，去那洗浴中心找她，她正好从里屋出来，看见我，就问我啥时候来的，我说下午，她说自己很忙，就又进去了。既然这样，我想还是算了，于是准备回去，谁知道她的老板追出来拉我，说这儿尽是小女孩，一个才一百五十元，“全套服务”。我拒绝了。这件事，对我心灵的触动相当大。

而这样的事情带来的触动会一直滋养着我，我的作品就会一天天长大，直到有一天，它会在我的心里整个地活过来，我就会像女人生孩子一样，把它给“生”出来。生不出来的时候，我就可能会不舒服。所以，我的心里没有一点点的技巧，也没有一点点的功利，有的仅仅是一些活生生的人、一些活生生的灵魂、一些活生生的生命。他们活在另外一个生命时空，只有通过我的笔，他们才能找到一个出口，与这个世界交流。所以，我的人物都是活的。

当然，我的创作也会经历一个构思的过程，但是我的构思，是先找感觉，一旦进入创作，我就不再读书，而且会拒绝一切其他的东西。因为，如果这时候我还要读书，或者不能舍弃一些概念的话，就会出现杂音，受到干扰。我也不管文风，不知道自己下一刻写什么。当文字自己流出时，我的脑中甚至没有文字。当我太在乎文字时，灵魂就无法流淌了。这是我与许多作家不一样的地方。所以并不是我去编造故事，而是它们在对我倾诉。

寻找生活中的诗意

我们的生命需要一种宁静，但比起环境的宁静，心灵的宁静更为重要。

我在凉州教委工作时，曾经非常依赖环境的安静，那时，只要身边有一点声音，我就写不出东西。后来我想要一间宿舍，专门用来写作，但遭到了办公室主任的拒绝。他说，写东西要安静，这是毛病。主任的拒绝给了我很大的启发，它令我发现了自己的局限：为啥非要一个非常宁静的房子，才能写出东西呢？我更应该做到的，不是苛求一个可以满足我要求的环境，而是克服自己心灵对环境的依赖。

后来，在持之以恒的心灵修炼当中，我慢慢克服了这个毛病，现在不管在一种什么样的环境当中，我都能安心写作。这是一个人能够自主心灵的一种表现。

文学青年在寻找创作素材的时候，也应该这样——你根本就不用刻意寻找一个充满离奇故事的环境，而应该培养一种发掘无穷无尽的写作素材的能力。要做到这一点，你首先要熟悉自己的生活环境，熟悉这个生活环境当中人的习性，熟悉你置身其中的那种文化，像了解自己的手掌一样熟悉它，然后观察与总结这种文化对人的影响。

我举个简单的例子，假如一个人连自己都搞不懂，连自己的家人都不熟悉，连自己身上所继承的东西都搞不清楚的话，他是不可能明白别人的家庭，也不可能了解别人内心的细微感受的。所以说，你想要了解这个世界，就要先从你最熟悉的地方入手。当然，你的眼界不能仅仅局限于自己熟悉的环境与人群，还必须往外走，超越你的生活环境，一点一点将你的认知延展出去。不走出去的话，你永远不会有一种大的眼光和丰富的阅历。这些东西对于一个作家来说，也是至关重要的。

在写《大漠祭》的那段时间中，我走遍了凉州，专门体验各种具有西部特色的生活方式，甚至深入沙漠参与老猎人的捕猎生活，大量吸收生活的养分。我常以一个老百姓的身份和心态参与他们的活动。只有这样，不断的体验和参与，我才能像明白自己内心的感受一样，明白老百姓的苦与乐，才能从平凡的生活中发现诗意。

你的眼界不能仅仅局限于自己熟悉的环境与人群，还必须往外走，超越你的生活环境，一点一点将你的认知延展出去。

一个家庭，一个世界

《大漠祭》《猎原》《白虎关》出版后，有个记者访问我：你的创作为啥多反映一个家庭的命运？我告诉他，如果可以选择的话，我会用一生的时间去写一个家庭。因为，一粒露珠可以折射出一个世界，每一个家庭会随着时代的变化而变化。一个作家只要用自己的智慧去观察这种变化，把它作为一种历史画面保留下来，就等于定格了时代的变迁。能写好一个家庭，就等于写好了这个世界。

时下，有的作家追求一种所谓的大气派，动不动一写就是百年千年，却不明白，真正的历史画卷是日常生活，而且是老百姓的日常生活。我也随喜他们，只是，谁有谁的使命，谁有谁生命的位置。我更愿意把我经历过、见证过、实践过的一种东西保留下来，生活也罢，思想也罢，灵魂的历练也罢，什么也罢。正是源于这样的一种想法，才有了“大漠三部曲”的诞生。我只想贡献我之独有，我不想编造世之所需。

上海的吴金海老师管我叫“阿里巴巴”，他说我手里有着开启宝库的钥匙，随时可以进入一个独特的世界。他说我有一种特殊能力，就是每到一个地方，马上就会发现这个地方非常优秀的东西，但有些作家做不到这一点——他们往往会忽略生活和文化中一些非常美的细节与特点。这倒是。我善于发掘人和事物的优点，善于发现能够丰富心灵世界的那些营养和宝库，所有的采访也罢，体验也罢，都是为了达到这个目的。

那么，首先不要认为自己身边没有可写的好东西，不要认为自己的梦想不能实现仅仅是因为没遇到相应的机遇。我们要点亮自己的心，才能发现身边的宝藏。当一个人真正地升华了自己时，整个世界都会对他敞开一扇门。当你真正愿意去改变自己的时候，你会发现，好多曾经认为非常困难的事情，其实都不如你想象中的那么复杂，也不如你想象中的那么可怕。正像阿里巴巴找到了宝藏，他只需叫几声“芝麻开门”，那宝藏之门就会开启。

隐没在身边的宝藏

我们常常会发现，一个人在一个地方生活了很久，就会对那里的一切熟视无睹。看起来，这是因为他太熟悉那个地方了，然而，当你问到当地的文化特征、民众心态时，他仍然有可能会张口结舌，啥都说不清。为什么呢？因为他不懂得发现，不善于思考，也缺乏这样的意识。

我跟他们不一样的是，我从小就知道发现的重要性，因此一直在有意识地训练自己。每进入一个文化圈，我就会像海绵吸水那样，吸收当地文化的精华，让自己的心灵变得更加博大。最后，这样的吸收，就变成了一种挥之不去的生命习惯。我甚至不用去选择，也能轻易发现每一个文化圈中的好东西。

例如，2004 年，我挂职担任甘南州文联主席助理。那段日子里，我尽量以流浪的方式贴近底层。那里的狗很厉害，而且经常咬人，所以我专门请了一位当地的老人，教我如何使用“打狗棒”。所谓的“打狗棒”，跟武侠小说里描写的不一样，它是在短木棒的一端拴上一根绳子，狗们朝你扑来的时候，你就一圈一圈抡那木棒。有经验的狗，一见这阵势，就不敢上前，只是站在一边狂叫；没有经验者，仍然会扑上来，你就只好打它了，但这都是出于无奈，故而从没遭人埋怨。这在当地，算是一种比较常见的现象。在采访之余，我还学习了甘南文化、藏文化、新疆文化，草原文化、宗教文化，陕北民歌和青海的花儿等。我发现，虽然同样是多种文化的交汇地，但凉州与甘南的文化却是迥异的。这两种文化在我的心中不断撞击，迸发出一种更为耀眼的光芒，让我多了一份大气，多了一种人文关怀和利众精神，也让我对过去熟视无睹的凉州文化有了新的发现。这样一来，我后面的创作与思考，就能上升到人类学的高度，我的作品也有了另一种价值。因此，我后来才能创作出《西夏咒》《西夏的苍狼》和《无死的金刚心》那样的作品。

然而，对这些文化，当地知之者甚少，对其分外重视的，反而是一些外国学者。在中国西部，这样的地方还有很多。随着一批批老学者、老文人的去世，加上一批批无知之徒的糟蹋，许多

假如一个人无法诚实地面对自己的心灵，始终自欺欺人地过日子，在该自强的时候怯懦，在该谦逊的时候骄傲，他就永远无法真正成长，就会像那些沉睡在淤泥中的莲子一样，无法长成莲花。

文化宝藏不断淹没在历史的尘埃之中，而现在的许多学者专家，却仍然躲在书堆里搞研究，对民间那些更有价值的学问不闻不问，这是多么可悲的事情！更可悲的是，许多学者、作家自己意识不到这一点，反而觉得身边没有值得去研究、去挖掘的东西，总是换着法儿地在文化的表面做文章，白白地浪费了大好时光。要知道，去发现身边的宝藏，抢救这些文化，跟抢救凉州贤孝等传统文化一样，已经迫在眉睫。

西部，那片寂寞的土地

我写过一部小说，叫《猎原》，里面谈到了西部的很多变化。

第一个变化，就是大自然已经被破坏了。大自然遭到破坏之后，会引发一系列悲剧。比如，汶川大地震、舟曲泥石流等。

关于舟曲泥石流背后的故事，我专门写过一篇文章，但我发现有很多内容都被删掉了。什么内容呢？舟曲有个不该建大楼的地方，却建造了大楼。泥石流爆发时，便把那两栋大楼给冲走了。大楼的残骸堵住了泄洪的桥，于是，洪水和淤泥，就漫延到人居住的地方，把人都埋到泥石流里面去了。如果没有那种“近视眼”的开发，而是按照城市科学规划的话，这种悲剧是不可能出现的。但西部有很多地方，都是这样。

现在，西部草原的荒漠化已经非常严重了。我到一个地方采访时，发现那个地方的羊必须穿着背心。因为，原来的草原已经变成沙漠了，羊们没有东西吃，只好啃另一只羊身上的毛。有时，啃着啃着，就把另一只羊身上的毛给啃净了。为了保护它们的毛，人们只好给它们穿上背心。

还有一种，是人的变化。现在，很多西部人都离开了那块土地。很多西部村庄里，已经没有年轻人了，留下的，都是老年人。年轻人到哪里去了呢？他们都到上海、北京等发达城市去了。西部农村里也很少看到漂亮女青年，她们考上外地的大学，就再也不想回去了。很多优秀的农村儿女，一到外地打工，就不想回去了。

中国的农村正在死去，西部农村那种天然牧歌式的生活，正在消失。所谓城市化的脚步，在一步步逼近农村，渐渐取代着中国农业文明最后的绿色。农业文明，在不久的将来，就会消失。但是，在农业文明消失的过程中，走到城里的农民，并没有变成城里人。比如，到上海学习、打工的农民，仅仅是在上海生活的人，而不是上海人。于是，这中间出现了一个巨大的失重和落差，让他们感到一种失落、痛苦、焦虑。

不仅仅是西部，有好多农村都是这样。

一个正在消失的世界

藏区中有一种中国文化中非常独特的文化，就是甘南文化。它汇集藏传佛教文化、汉族正统文化、伊斯兰教文化等多种文化，形成了包容万象、丰富多彩的文化局面，其文化精神渗入了当地的自然、人文、文学、生活当中，又与凉州文化不太一样。它像敦煌学一样博大精深，在建筑、文学、宗教、戏剧、人文、历史等诸多领域，都有其独特价值，值得学者们花大力气去研究。此外，这里的诗歌、习俗、神话传说、历史人物等诸多文化形式，都具有惊人的文化含金量。

在甘南文化当中，处于核心地位的，是拉卜楞寺文化。拉卜楞寺是藏传佛教的著名寺院，几百年间，这里诞生了一批又一批文化大师。比如更敦群培这样的伟大学者，最早就是由拉卜楞寺培养出来的。

拉卜楞寺有很多僧人都不是本地人，他们就像百川入海一样来到甘南，进入拉卜楞寺。随着他们的进入，许多地域文化便融入了拉卜楞寺文化，也融入了甘南文化。我在夏河桑科草原等地进行民俗人文考察之后，又深入临夏、阿坝、甘孜等甘南周边地区，采访了一些跟甘南文化渊源极深的大学者和大活佛。后来我发现，对于甘南文化目前呈现出的博大辉煌，临夏、四川藏区文化可以说是功不可没的。

我在《光明大手印：实修心髓》中专门介绍过一种藏传佛教教派，叫作香巴噶举。这种文化与拉卜楞寺文化的渊源就相当深厚。二十多年来，我花了很长时间，专门研究和实证这种文化，深入其中，得其心髓，最终获得了大利益。可以说，它使我拥有了一个博大的新世界。关于其中的过程，以及香巴噶举文化的详细内容，有缘者可以在这本书中读到。

目前，我们对香巴噶举文化、拉卜楞寺文化等的发掘、研究、弘扬力度还远远不够，以至于整个世界对此类文化都非常陌生。许多这些文化的传承者，都悄无声息地离开了人世，没有在中国文化史上留下自己的名字，殊不知，他们中的许多人，或许才是真正意义上的文化巨人。而他们带走的好多东西，也正是无法再现的文化遗产。包括他们留下的许多著作，也苦于无人翻译，至今仍在尘灰堆中喂着蛀虫,或者在一些意外的灾难——比如火灾、水灾、地震等等——中永远地消失。

一个作家，最应该做的是『舍』。

舍弃名利，舍弃欲望，舍弃贪婪，舍弃繁华，舍弃现实虚幻的一切，舍弃一切令灵魂浮躁的外现。人的生命是一根绳子，每一次对外物的追求，都会使绳子缩短。你要在死神追到你之前做完你该做的一切。

边缘的木鱼歌

我的小说《野狐岭》中有个木鱼妹，因唱诵木鱼歌而得名。“木鱼歌”是流行于东莞地区非常优秀的民间艺术，是一种由盲艺人——也就是大家所说的“盲佬”——传承至今的、劝善的民间艺术形式。它非常质朴地记录了一代又一代老百姓的历史，包括老百姓的生活方式、生活细节，以及他们的许多故事，等等。

遗憾的是，木鱼歌的形式古旧，乏人问津，发展到今天，虽然有些木鱼歌被转换为文字保留下来，也有一些新的木鱼歌正在出现，但好多曲目，却已失传了。所以，我一直在有意识地搜集木鱼歌，也小有成果。而且，每次的收获，都让我非常吃惊。因为，木鱼歌具有很高的历史价值、文学价值和艺术价值，难怪连德国的著名诗人歌德，都曾对木鱼书《花笺记》赞叹不已，称其为“伟大的诗篇”。

但现在，有多少年轻人知道它、听过它、喜欢它？又有多少年轻人愿意挖掘它、研究它？造成这样的局面是因为我们的流行文化不在乎这个东西，也不推崇这个东西。流行文化在乎什么呢？在乎时尚。这个时代流行什么，主流就会把它变成一种文化，让人们去崇拜它、向往它、追逐它。

一个学生告诉我，她有很多同事、朋友，都喜欢去星巴克。有些人还买了一系列星巴克的杯子。这就是因为，星巴克已不仅仅是咖啡馆了，它也被炒作成一种文化。流行文化一直在推动着星巴克文化，于是，很多年轻人不但喜欢在那里聚会，还喜欢一个人带上书或电脑，在那里坐上一个下午，或是一个晚上。他们享受的不是咖啡，而是一种文化的氛围。

中国有没有一种令人如此向往的强势文化呢？非常少。如果没有人担负起一种使命，大家都在迎合时代的喧嚣，宣传西方的强势文化，忽略中国的优秀文化，就会有大量的民族文化迅速走向死亡。所以，你可以关注《阿凡达》，也可以欣赏乔布斯，但你同样应该认识、了解身边的优秀文化。

两个世界的互相寻找

《西夏的苍狼》中很有意思的一点是，里面有两个世界，一个是现实中的凉州，一个是传说中的净土娑萨朗，两个世界的人总是在互相寻找。

整个人类文明中，从人类诞生开始，就存在着两个世界：第一是人的现实世界；第二是人类向往并且追求的世界，比如孔子的大同世界，柏拉图的理想国，延续到后来的空想社会主义，以及共产主义。不同的民族、不同的国家、不同的时代，都向往着现实生活之外的一种东西，甚至想创造出这样的一种东西。在我的作品中，我用“娑萨朗”来代表这种东西。无论什么样的人，心里都有一个娑萨朗，都有一个超越现实的心灵世界，这个世界的存在让人变成了真正的人。

书中的“白轻衣”也是一种象征。它类似于老祖宗所说的“老天爷”，就是一种比人类更伟大的存在。不同的群体，对这种存在有不同的表述，基督教称它为“上帝”，佛教称之为“佛”“菩萨”，等等。它存不存在并不重要，但是心中有没有这个东西，对人类来说却是非常重要的。它代表了人类是否向往一种比自己更高尚的存在，这种向往的存在与否，决定了人类是向上，还是堕落。

它甚至不仅仅局限于宗教，很多非宗教人士的心中也有这种东西，他们称之为良知、良心等，例如科学家的良心、人类的良心等。不过，一个人心中的“娑萨朗”，以及他追求的所有东西，永远高不过他的心。如果一个人不知道对伟大精神的向往和追求，能给他带来比满足欲望更大的快乐时，他就会觉得满足欲望是世界上最快乐、也是最重要的事情，他就会用所有的心念与行为去追求金钱、名利、物质等等虚幻无常的东西。就像人类历史上，无论什么朝代，某种力量在推翻一个暴力王朝之后，最终还是会变得跟自己所推翻的暴力政权一模一样，然后再被饱受欺压、忍无可忍的老百姓推翻。因为，在人的心灵没有改变，仍然被欲望填满、仍然不惜用暴力手段来守住既得利益的时候，他们建立并向往的“娑萨朗”就仍然逃脱不了欲望和暴力的魔咒。世界就是这样。所有想用暴力推翻暴力的人，都会被暴力灭亡。

人类需要的，不是用一个有力的拳头去打一个不如他的拳头，不是以暴力对抗暴力，而是孔子的“仁”、老子的“道”、康德的“道德律令”，以及基督教文化中的“博爱”，佛教文化中的“无缘大慈、同体大悲”等大善文化。

在《西夏的苍狼》中，标志性人物不是将军，而是歌手，这才符合人类文明中的“铸剑为犁”——把杀人之剑变成耕耘的犁。不再用强权和暴力来推广自己的理念，而把爱植入人们的心田，营造善美的净土娑萨朗，这才是整个人类的共同追求。

人类需要的，不是用一个有力的拳头去打一个不如他的拳头，不是以暴力对抗暴力，而是孔子的“仁”、老子的“道”、康德的“道德律令”，以及基督教文化中的“博爱”，佛教文化中的“无缘大慈、同体大悲”等大善文化。

“娑萨朗”的寻回

《西夏的苍狼》里面出现了许多非常神奇的人物，有黑水国的黑将军，有城堡山的黑喇嘛，有凉州大地上的黑寡子，有以黑狗王为前身的黑歌手，有将小爱升华为大爱的紫晓。跟我的所有小说作品一样，他们都有着相应的原型。

至于黑歌手，他的原型则和其他人不太一样。黑歌手是西部文化中人文精神和宗教精神等诸多东西的一个综合体，他所承载的东西，不一定局限于宗教文化，甚至也包括诸如西部的敦煌、凉州、甘南、兰州等地的一些地域文化，是西部文化中非常优秀的、有利于人类发展的一种文化。可是，这样的文化只是一种土壤，它非常深沉、凝重，但缺少灵性的变化。所以，单纯有黑歌手仍然不够，还需要有女主人公紫晓的出现。

为什么需要有紫晓的出现呢？因为紫晓代表了一种与时俱进的智慧。紫晓的身上，承载着南方、西方，甚至世界上诸多有益于人类心灵的文化，她具有一种灵动性。当她的这种灵性，与黑歌手那股深沉、厚重的生命力量结合在一起时，就会产生更加完美的东西。这种东西，能够唤醒现代人心灵当中缺失的一种原始情感。

今天的人类社会中就缺少这样的一股力量，人们用自己的无知，招致了很多来自大自然的惩罚。西夏文化中有一种野性活力的东西，它爱护自然，崇尚自然之美，就像苍狼的基因一样，千年来一脉相承，传递至今——因为，无论什么时代，只要有人类存在，就需要这样的一种东西；在现代社会中，被各种欲望、各种享受填满了心，以至于淡漠了最美、最淳朴的情感的人们活得非常累，因此更需要一种原始情感的回归。

于是，紫晓与黑歌手相遇了——但他们的相遇，更多的，是两种文化的交流与对话。真正的主人公并不是他们，而是我的思想。我对西部文化的思考，以及我称之为超越、向往或是寻觅的许多东西。这诸多的元素互相交融，产生了一种全新的“说法”，然后我借用小说里的人物，把这些“说法”淋漓尽致地诠释了出来。

至于苍狼是否是藏獒的祖先，黑歌手是否真有其人，紫晓的原型是谁，黑喇嘛和黑将军是否是真实的历史人物，这些都不重要。真正重要的是，人类如何为自己做出选择，如何在叩问和追索中，寻回一种最本真的情感，寻回一种没有被功利思想所污染的、本有的，质朴、自然、雄美的力量。我对苍狼的所有描写，就是为了展现这种应当被珍视、也值得被珍视的力量，对黑歌手的描写也是如此。我在写黑歌手的时候，写的其实是人类的一种向往——对心中的“神”的向往，对美好世界的向往。有了这种向往，就有了黑歌手。每个人都有自己的“黑歌手”，都有自己的“娑萨朗”，都有自己的“上帝”。

『杂交文化』是一种精神

我很喜欢孔子的一句话：三人行，必有我师。所以我的学习变得非常有意思，就连小学生都能成为我的老师。为什么呢？

因为我也能从他们的身上发现很多需要我学习的东西。当我从他们的身上汲取了某种营养时，他们就是我生命中的善知识。好书，好人，都是我生命中的善知识，所以说，我的老师非常多。在一次访谈当中，我说，要活到老、学到老；取天下学问，为我所用；铸就光明心，以照菩提愿。所以，要学会在生活中发现一些非常美、非常有益的东西，从中汲取能让你长大的营养，而不要老是批评别人，不要老是看别人身上的毛病，这样你才能成长。

当一个人有了大心，同时也要具有一种大力。大力怎么来？通过不断的学习，让自己变成一个巨人，然后才会有大力。有了大力，你才能更好地实现你的菩提大愿。一个孩子，即便他想为世界创造一个伊甸园，他拿什么去创造？有时候，仅仅有一腔热血是不够的，你还要懂得怎么做。这就像你想为社会建造一座大厦，你起码要知道这个地基要怎么打，要准备多少钢筋水泥，要懂得把建筑蓝图规划出来。不懂得这些的时候，你只有一片赤忱之心，是无法达成愿望的。所以，人必须学会在生活中成长，学会在学习中成长，而不是仅仅满足于自己已经知道的那一点点东西。

同样，你不要为自己的学习设置一种疆界，不要说西部文化好，东部文化就没有值得吸收的东西，或者东部文化你就不关心。不要这样。你要有一种大的眼光，要有一种大的胸怀，要从这个世界上的各个角落发现能让自己成长的营养。之所以我说“杂交文化”最有生命力，就因为它反映了人类的全息。当你能够真正接受这样一种文化洗礼的时候，你才能从小小的水井，真正地进入一个大大的世界，拥有一片广阔的天空。否则，你感受到的，永远都是一些很小的东西，你的心灵永远都被局限在一个很小的群体当中，难有包容整个人类、整个世界的大眼光。

要明白，文化是一种精神的载体，文学也是一种精神的载体，人必须学会在生活中成长，学会在学习中成长，而不是仅仅满足于自己已经知道的那一点点东西。

它反映的是一个人或者一个群体的心。托尔斯泰、陀思妥耶夫斯基等大作家非常伟大的地方，在于他们为世界贡献了许多非常优秀的作品，更在于他们为世界贡献出一种非常伟大的心灵。当他们的心灵与精神付诸文字，在与古今中外的无数读者发生心灵共振的时候，就会磁化、影响读者的心，让读者也拥有一种感动，拥有一种向往，最起码是能够看到另外一个世界、另外的一种生活方式，而这种东西，是超越了他眼前那片土地的，能对整个世界、整个人类发生作用，能留下一种足以与时光抗衡的价值。正是这一点，使文学具备了比“文学”这两个字更高、更深、更远的意义。

人文，是欲望的缰绳

在西部文化的传承者中，有一群人非常特别，他们是盲艺人。他们总是弹着三弦子，唱着一些像《格萨尔王》那样的歌。这些歌是用来做什么的呢？它们是教人向上，教人趋向神性、远离兽性的。这些传承者被人们称为“瞎仙”，也有人叫他们“瞎贤”，这不是说他们有什么神通，而是说他们承载的文化中，有一种比人类更高尚的东西，有一种向上的精神，它趋近神性，远离兽性。它是让人向上的，而不是让人堕落的。它为我们展示了一道非常壮美、非常纯净的人文风景。它是不同于流行文化的一种存在。

最近这些年，科技的发展将人类的欲望煽动至无与伦比的程度，电影、电视、网络、绘画、文字等各种形式，包括一些现代科技，都传达着一种欲望的、享乐的信息，让人一天天失去精神追求，并且以此为傲。我们失去了敬畏。我们的文化出了问题。我们在发展科技和经济的同时，遗忘了我们的精神世界。我们对欲望的追求已经失去约束，人文又不能让它得到哪怕一点点的制约，所以，社会容易进入一种可怕的恶性循环。打断这种恶性循环的唯一方法，就是为我们的社会注入一种优秀文化的基因，引起人们的反思，唤醒人们的向往，激发人们的超越。这就是人文的力量，也是我们提倡弘扬国学的原因。敬畏、良知、向往，这些都是神性文化的声音。它很像疯马脖子上的缰绳，有了这条缰绳，我们才不会被拖向悬崖。疯马是什么？是我们被欲望所迷惑的心。

每一个人都希望在红尘生活中离苦得乐，能自由、自在地生活，只是好多人不知道，中华文化中就有这种东西。他们仅仅看到了传统文化中的一点点糟粕，看到了一些落后于时代审美、时代需要的东西，就以为这是传统文化的全部。他们不知道这些文化的灵魂与精髓是什么，甚至不知道这些文化都在说些什么。换句话说，他们不了解中华文化。因为，主流声音不关注这些，他们关注的是一些与之相反的东西，比如享乐主义、混混文化等。当他们自己已经失去对人文精神的探索、追求和坚守时，又怎么会提倡这样的一种文化，又怎么会发出这样的一种声音呢？

而这就意味着，我们应该用一种现代人更容易接受的方式，诠释这种文化，展现一种非常本真的东西，展现一种非常壮美的人文风景，展现一种非常清凉的智慧力量。我们要告诉人们：你们正在寻找的美丽向往、心灵净土、灵魂归宿，就在这里。

真诚的卑鄙也是卑鄙

我常说，没有才华的“婊子”（人格意义上的），仅仅是一个“婊子”，而有才华的“婊子”，则会依托自己的才华，将那婊子气扩散到整个社会，而使这世界相对恶化。

有本小书，叫《艺术的未来》，书中写道：“当艺术家为艺术而艺术的时候，他们是鄙视公众的。反过来，公众则以忽视这些艺术家的存在对之进行了报复。由此造成的真空便由江湖骗子似的冒牌艺术家做了填充。”信然。时下的文学杂志、网络，或是图书市场，除偶现寥若晨星般的“艺术”外，大多只写了两个字：无聊。名作家写着有名的“无聊”，无名者也不甘落后，绞尽脑汁地炮制“无聊”。生活的苍白，人格的萎缩，责任感的丧失，思想的缺少钙质，使本该塑造灵魂的文学，堕落为颓废者的自慰。

我常常私自发问：我们这个民族，为何会有这样一个巨大的混混群体？难道他们用黄金都买不来的生命，只配用来炮制垃圾？每念及，便不由得扼腕长叹。无疑，这虚假的文学繁荣背后，隐藏着一个民族的悲哀。

在一次会议上，作家们纷纷抱怨时代对自己的挤压，说文学失去了轰动效应，自己已沦为“边缘人”，其慷慨激昂，充满了文天祥似的正气。发牢骚时，作家们正免费住着高级宾馆，腹内盛着国家供给的山珍海味。而同一时刻，西部还有许多人饿着肚子牛一样劳作，还有许多哭泣的失学儿童，还有无数贫病交加的农民。最该关注的他们，却很少有人关注。

无数的作家和所谓的作家们边发牢骚，边编织连自己也不信的苍白故事，以填充网络和杂志。他们散发出迷醉的萎靡之气，并将这萎靡传递给年轻一代，影响或污染着他们。大家一齐制造喧嚣，创造“繁荣”，营造颓废。试问，在这样一个“气场”中，谁又爱听弱势者的哭声？谁又爱看农民们的愁脸？谁又会把那种叫“忧患”的意识，塞入自己心中？

稍有点常识的人都知道，文学应该拒绝虚假，拒绝起哄，拒绝鼓噪。文学应该需要一种品格，一份真诚，需要生命的投入。

一群老鼠，只能生下老鼠。无论它们如何鼓噪，如何叫喊，如何自命不凡，如何制造繁荣的虚假，都改变不了其老鼠的本质。而欲生下狮子，作家母体必须首先变成狮子，再和另一个异性狮子——作家感受到的强有力的生活——进行生命的交融。

但时下，一个可怕现实是：高贵者或向往高贵者，常常会受到嘲讽。而卑劣者则可以大言不惭地展示自己的卑劣，反倒引起别人的认同甚至赞许，认为他是真诚的。但却忘了，真诚的卑鄙也是卑鄙。

文学不应是暴力的啦啦队

我常常在文章中反对暴力，也反对讴歌暴力。为了阐明这一观点，我还在小说《西夏咒》中，抨击了一些大众心中的“民族英雄”。后来，我又在《文学报》上发表了一篇叫作《暴力英雄的终结》的文章，其中仍然抨击了人类之间的相互屠杀，以及对暴力行为的讴歌。

因为战争是悲剧，而不是功绩，它可泣，但不可歌。所有战争都会有牺牲者，军人也罢，老百姓也罢，都会失去生命，失去生活，失去实现人生梦想的所有机会，他们的人生会因此而终结，他们的

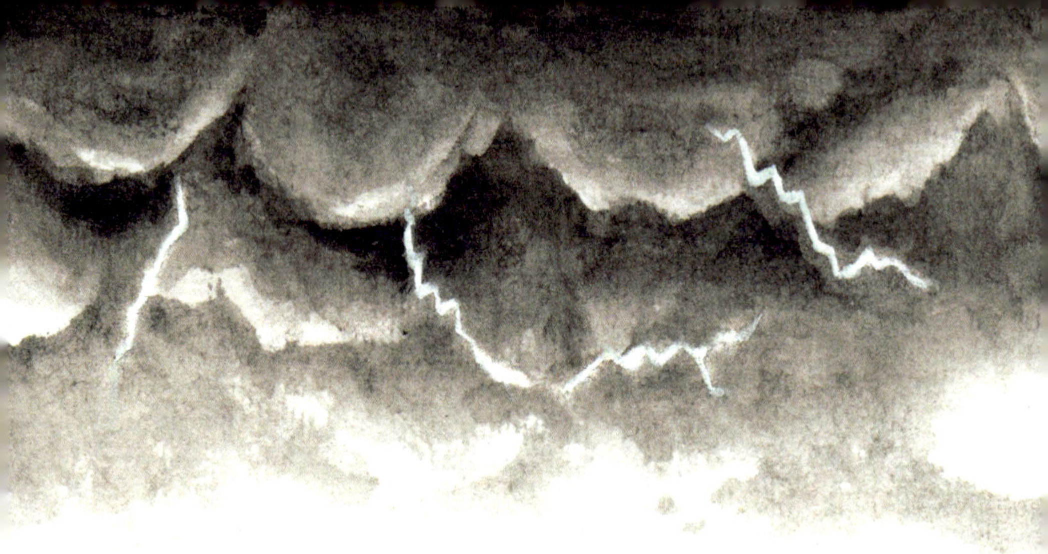

而文学要保持清醒的眼光、独立的思想，要拒绝迎合，尤其要避免的，就是对罪恶的崇尚。不管出于什么原因，罪恶就是罪恶，它永远都不值得被推崇。

家人会陷入巨大的痛苦。世界上没有任何一个人，有权给别人带来这样的痛苦。

有人写过一篇文章，叫作《雪漠的“乌托邦”幻想》。作者在文中提到，雪漠的梦想是乌托邦幻想，人类怎么可能没有暴力和纷争呢？人类世界诞生至今，没有纷争的时间非常短暂。所以，他认为暴力是不可能终结的。他还认为，历史上有那么多战争英雄，他们都为民族的尊严、国家的独立付出了自己的生命，他们是可敬的，为什么不能讴歌呢？为了一种精神、一种信仰、一种理想不惜牺牲自己的生命，这一点确实非常美，也值得我们去赞美。但问题是，我们可以讴歌英雄，却不可以讴歌暴力。如果我们讴歌了暴力，就认同了一种以暴力实现某种目的的方式。要知道，就在我们讴歌自己的英雄时，我们屠杀的对象也在讴歌着他们的英雄，就是因为我们大家都在讴歌自己的英雄，人类世界才会不断出现暴力英雄和暴力事件。

当人类的文化迎合这个时代的欲望和暴力，成为欲望与暴力的啦啦队时，文化、文学就死了。什么叫“啦啦队”？暴徒要杀人的时候，我们的文化说：“加油，加油！”这就是啦啦队。为暴力助威的啦啦队，最终往往会被暴力所吞噬。你翻开世界历史就会发现，一次又一次的斗争中被收拾掉的人，都是那些收拾过别人的人。很少有例外。朝代的更替也是这样，它无非是一个暴力代替另一个暴力，比如汉朝推翻了秦朝，但不久它又会被另一个朝代所取替。一直都是这样。纷争和暴力，以及对纷争与暴力的讴歌，都不可能迎来美好与和平。啦啦队能把一个小小的孩子讴歌成一个暴徒，这个暴徒的刀子抡啊抡啊，最后就会把啦啦队也收拾掉。哪有例外?

而文学要保持清醒的眼光、独立的思想，要拒绝迎合，尤其要避免的，就是对罪恶的崇尚。不管出于什么原因，罪恶就是罪恶，它永远都不值得被推崇。

第二章 Chapter 2

以/文/铸/心

活着就要发声

为什么中国目前缺少大师？

前些日子，一个年轻的朋友问我，为啥现在提到的中国哲学家，都是一些古人？为啥现代出不了有独立观点、有代表意义、能达到老庄那种成就的思想家？或者说，现代中国，有多少真正的知识分子？

他问得很好。不管对教育界、学界，还是文学界来说，这个问题都很尖锐。

每一所高校，都不妨反思一下，看看自己的教师队伍中，有多少知识分子和大师。如果只靠一些“知道分子”“书橱”和“背书机器”，高校就很难培养出社会需要的人才，只能培养出更多的“知道分子”“书橱”和“背书机器”——在目前的教育体系下，这种情况，或许是极为常见的。

那什么叫“知道分子”“书橱”和“背书机器”呢？就是那些缺乏独立意识，只懂人云亦云，为了扮出高深的样子，不断从国外搬来先进理论，没有创新，没有发展，既经不起推敲，也经不起诘问的所谓文人。他们的思想和理论，往往跟鲜活的人生毫无关系，一旦脱离自己的领域，他们就会失去存在的意义。更重要的是，他们的思想连自己都改变不了，更无法让别人受益。

有时，社会上，大学里，也会冒出一些知识分子，但他们不屑于谄笑献媚，因此，往往被孤立、曲解、排挤，难以发挥应有的效益、价值，甚至遭到埋没。久而久之，在社会和大学里，装腔作势的貌似大师者，就越来越多。这些人不断重复着已故大师的话，始终扮演鹦鹉或传声机的角色，自己永远都成不了真正的大师。但是，他们往往被一些不辨真假的大众，推为大师，被盲目崇拜，盲目效仿，于是，貌似大师者便越来越多。这显然是一种恶性循环。

而知识分子、大师、大家的成长，除了自身努力外，还需要土壤。这些人的诞生，是一种必然与偶然的结晶。它不仅涉及政治气候和环境问题，还有一个民族人文性格的构建问题。中国的社会结构，历来就是“士农工商”，中国的文人中，“学而优则仕”者居多，当官便被摆在了第一位。文人们即使当不了官，也会将个人的悲喜荣辱，甚至命运的希望，都寄托在当权者、当官者的身上。次一等的文人，则追求“颜如玉”和“黄金屋”。总之，其追求，都是非常功利的。因此，知识分子真正的内质，就被异化了。

而且现在很多人脑子里装满了别人的东西——有的人缺乏选择，还装满了垃圾——我们不该让这些东西占据自己的心灵，要把它们化为营养，不要让它们变成工具和镣铐，让我们不能自由地思考、自由地创造。

不过，这可能是个悖论。因为，能明白这一点的人，往往懂得反思，能够自省，有完善自身的意识、要求与行为，有一定的智慧，他们一般不会变成单纯的容器。不明白这一点的人，往往不愿自省，不愿身体力行地改变自己，总是把这些观点，都变成对自己的批评、攻击与伤害，迫不及待地拒绝、回避、报复。因此，他们始终在外围寻求知识，始终不去实践，也无法成为真正的大师。

这就是中国目前缺少大师的原因。

拥有大爱的才是大师

有人又问我，如何分辨真假大师？我教了他一个简单的方法：大师若童。

有童心者，未必是大师，但大师必定有童心。而且，他一定有着别人没有的平常心。他的行道，如春风化雨，跟他接触的人，都会在不知不觉中提升自己。因为，大师往往是集大成者，他的智慧必然是吸收所在土地、文化、行业、领域的精华，跨越时空、地域、语言及自身个性局限等障碍，以毕生心血哺育的经典和文化奇葩。仅仅从言行相貌来看，大师绝不是那些神异古怪的人，而是融入众生的普通人。他总是用最质朴的行为和言语，诠释自己证得的智慧与真理。

因此你会发现，时下流行的许多大师，根本算不上真正的大师。我在前篇曾说过，现今这些所谓的“大师”，他们仅仅是学院派教育的产物，他们虽然没有主动、独立、创新的思想，却能达到“大书橱”们设定的标准，于是，就被封为“大师”。表面看来，这些人掌握了话语权，但他们的话语权，都建立在对诸子百家的引用和诠释上。他们再怎么思考，都是在心外寻找能支撑自己的东西，不是真正让自己立起来，创造自己独有的东西。这种思考，只是一种拼凑，一种量的堆砌，缺少“质”。

我强调的思考，是一种终极意义、本质意义上的思考。它包括两方面：一方面是“止”，就是定力；另一方面是“观”，就是智慧。有了定力，我们的自我意识就会觉醒，就能不受外界诱惑，形成非常独立的观点；有了智慧，我们就会非常仔细地体察世界，体察自我。这时，我们就能证得一种属于自己的东西，别人无法替代。因此，我强调的思考，其实是一种修身、养性、调心。

那些死后仍被我们记得的大师，往往就是有值得被时代、历史记住的好东西。他们的话语权不一定在当下，但那是经得起时间考验的历史话语权，那才是真东西。这样的人，才是真正的大师。这种人有一个共同特征：他们能将世上一切为自己所用，训练出一颗独立清醒的心，唤醒一种超越的智慧，然后，从内心深处爆发出充满人类大爱的大智慧、大见识、大境界。这才是真正的大师创造的，不可超越、不可复制的好东西。

然而，现在，大家都在谈论买车、买房，谈论怎么才能多赚点钱。当我们谈论善，谈论信仰时，人们反而觉得很奇怪，把我们当成异类。这种极大的反差，真实地反映了大众的心灵走向。因此，我常利用一切渠道，呼吁媒体重视大善文化的传播，并且提倡每个人——只要识字——用自己的笔，传播这种大善理念，让大善的思维波充满世界，让更多人受到磁化，引起大善的共振，共建和谐、善美的社会。我认为，这是每个人都应该做的事情。

因为，我们都是链条的启动者。当你有了自省和向往时，你的身边，会有无数人成为链条的其中一环。这一环又一环，会发出不同的振动和光明，影响便会慢慢扩散出去。有一天，世界可能就会发生改变。所以，我们每个人都不要小看自己的力量，一定要相信：星星之火，可以燎原。

从心里流出的大美

有人问我，如何提高写诗的技巧？我告诉他，我不懂诗。虽然我写过几百首诗，也博得了很多人的叫好，有些人甚至称其为“天籁般的文字”，但我的写诗，不求发表，不求喝彩，只为表达一种说不出的感觉。这感觉是从心里流出来的美。

对我来说，它跟信仰一样，本身就是目的，不是手段。因此，我从不钻研技巧，也不管那诸多标准。如果我创作时考虑标准、技巧、思想，它们就会变成杂念，将我从极致的宁静中扯出来，让我无法创作。我甚至不去想自己该写什么，有什么还没写，只管让心静得像无波无纹的湖水。因此，我才写出了一些人们觉得很美的文字。有趣的是，很早以前，武威卫校的几个女孩子读了我的诗，以为我是琼瑶那样的人，见面时，才发现我是个大胡子，木讷无趣。哎呀，大倒胃口。

其实，琼瑶的书，我看得不多。这么多年来，我最喜欢的作家，还是托尔斯泰和陀思妥耶夫斯基。如果这辈子我只能读两个作家的作品，我就会选择这两位大作家、大哲人。这不只因为他们是世界文坛的两座大山，更因为，他们的作品承载了人类灵魂中最宝贵的东西——大悲悯的精神与境界。当然，我同样敬仰人类历史上许许多多的哲学家，比如释迦牟尼、穆罕默德、耶稣，也包括苏格拉底、老子、庄子等。我认为，他们身上承载的，是一种永远不会被时光冲走的宝贝，一种比岁月更永恒的价值。他们是世界上的大美。他们的行为及存在，本身就是最好的作品。

不过，他们的美，并不源自他们的能力、经验、学识或技巧，而是源自他们的心灵。他们的心，让他们的作品和行为有了一种博大的、充满爱的气息。这种气息感染了无数人，让无数人也去升华自己。那力量，便源自心灵的大美。有些人即使鹦鹉学舌地说同一句话，或照猫画虎地做同一件事，也不一定能产生相同的结果。因为，他们的行为不一定能证明他们的心。不同的心灵，总会展示出不同的景象。

也并不是所有作家都值得尊重，也不是所有作家，都能真正站在高处的。我甚至认为，一些作家的死比他们的活更好。他死

他们的美，并不源自他们的能力、经验、学识或技巧，而是源自他们的心灵。他们的心，让他们的作品和行为有了一种博大的、充满爱的气息。

时，我可能会叹口气说：“他终于死了。”因为，他的作品或许很畅销，或许很受大众的认可，却有可能让一些纯洁的女孩变成“婊子”。

所以，还是那句老话，我们在衡量作家的好坏，选择自己该读的书时，应该为自己设定一个标准：他或它的存在，能否让世界变得更美好一点？他或它的存在，是否为世界贡献了真？贡献了美？贡献了善？假如答案是肯定的，他们就是好作家，它们就是好作品。否则，他们就不值得我们敬仰，它们也不值得我们花时间去读，更不值得我们去弘扬与传播。

爱，喷涌出文字

常有人问我写作技巧，比如：怎样生动地刻画一个人，如何想出一句非常美妙的话，等等。我告诉他们，这些东西都不是我想出来的，我也不懂什么写作技巧，我仅仅是将一些活在心里的东西展现出来，仅此而已。

我的作品，都是从灵魂深处流淌出来的文字，而不是自己刻意为之的东西。因为出自真心，自然成趣，所以才能感动人心。这就像你在面对某个大自然美景时，自然会产生一种美妙觉受一样，那是无法解释，也很难描述的。

我的灵感，往往就来自于那些感动。它同样来自大爱——对这个世界的爱，对这个世界上形形色色的人类的爱，对这个世界上与我们一起分享空间与资源的所有生灵的爱。这种爱是来不得半点伪装的，它很像母亲对孩子的那种情怀。真正的母亲对孩子天生就有一种母爱，她不计回报，不怕付出，恨不得用自己全部的生命，来成全孩子，让孩子拥有一个成功和幸福的人生，为此，她可以牺牲自己的一切。这不是因为她的孩子有多么优秀，而仅仅是因为她心中有一种无我的爱。我听过一个故事，某个不孝子把年迈的母亲背上悬崖，想摔死她，母亲也知道这一点，但她担心的，却是孩子下山时会不会迷路。这个故事，写活了一个母亲的心。但当我们还没有拥有这种大爱的时候，又该怎么办呢？我们可以不断升华小爱，让它渐渐变成一种无我的爱。那无我的爱，就是大爱。其区别在于：小爱转瞬即逝，大爱相对永恒；小爱是个人的觉受，大爱是心灵的滋养。

任何一个人，只要愿意升华心灵，改变自己，尝试用另外的一种方式来对待人生，对待生命，他就能拥有一种大爱。大部分人目睹发生在汶川、玉树、舟曲，甚至日本的惨剧之后，心中都会难受，都会以各种不同的方式表达一份爱心。这就证明，大爱是人类本具的天性，它并不是圣者独有的禀赋。这就是我为什么一直强调作家应该进行人格修炼的原因——假如作家本身没有这样的心灵和眼光，他的文字哪会有这样的力量？

“神”握住了我的笔端

1993年的时候，我在一个星期里面写了很多短篇小说，之后，我就知道自己可以写长篇小说了。有的人可能看过我的短篇小说《新疆爷》，这部小说就是在一夜之间写出来的。我把稿子寄给某杂志的时候，一个编辑说，雪漠老师，你的哪个字不对，要改一下，我就对他说，是你不对，你一个字都不能改，改了就不对劲了。

为什么？因为那是我在一个特别的状态下的写作。那个时候，我的脑袋里没有任何文字，也不会一点点斟酌自己的文字，但奇怪的是，那种状态下流出来的文字都非常好，没有哪怕一点多余的东西。这时，假如有哪个编辑改了其中的一个字，被修改过的地方就会显得非常扎眼，我一看就会发现不对劲，然后我就会告诉那个编辑这个字不能改。

其实，这种感觉和状态不是我独有的，巴金和狄更斯都有过这种感觉，其他的一些作家也有过这种感觉。但是，体验过这种感觉的人并不多。一旦你进入这种状态，你的所有表述都会变得非常精彩。因为，那时的作家本人，已经不是一个个体，而是和大自然融为一体了，他就像一张大网上的某一个点，这个点一动，整张网就会动起来，这很像中国文化中所说的“天人合一”。

而每一个人在生命的某些瞬间当中，都可能有过这样的感受，只是，不一定每个人的感受都非常清晰。当你在某个瞬间，进入了这样一种状态的时候，你会发现，那么美的风景，你除了“啊”的一声之外，竟然说不出任何一句话了，你觉得任何表述都是错的。写作也是这样，在那种状态中流出的文字最简单、最干净、最朴素、最有激情。一旦你的思维中有了文字相，有了对文字的计较，那种状态就被打破了，文字的气氛也就不一样了。所以，自然流露的写作，最忌讳的，就是在写作的过程中想要达到一个什么目的。一旦你用机心来写作的时候，就会失去与伟大存在之间的联系，失去联系的那个瞬间，就像电流中断，所有的灯都“嚓”地熄灭了一样，你必须回到那种状态，重新接通电源，才能继续流下去。

在这种写作状态中，确实存在着一种能量，就好像通过笔完成了一种能量场的嫁接，所以好多人都觉得我写出的东西非常鲜活，包括我笔下的沙漠，也像是活物。以前，有人说雪漠的小说背后有一个巨大的“影子”。一个学者反对说，雪漠小说的背后不是一个影子，而是一个大海。这个大海是什么呢？它就是我所说的写作背后的力量。力量从何而来？从“打碎”中来。当你打碎小我，打碎诸多的规矩，扫除各种概念的障碍之后，本有的心灵光明就会焕发出来，生起无穷的妙用。写作就是妙用之一。那时，每个人都能从心中流出大海的景象。

当你打碎小我，打碎诸多的规矩，扫除各种概念的障碍之后，本有的心灵光明就会焕发出来，生起无穷的妙用。

心灵自主了，写作才会超越

十多岁的时候，我就想当作家，为了实现这个梦想，我付出了很多努力。

从中学时代起，我就在有意地搜集素材，为将来的写作做准备，但是那些素材后来大多没有派上用场。比素材本身更重要的，是它们都转化成了心灵的营养，一直滋润着我心中的那粒文学种子，让它一天天长大。所以，想要成为一个作家，就先要成为生活的有心人，要培养第三只眼，始终关注你周遭的一切。如果你忽略了不该忽略的东西，比如说变化的过程以及变化的原因，等等，就无法塑造活的人物。你不一定要亲身体验所有的事情，但是你一定要非常细致地去观察它们。比如，吴承恩写猪八戒时，不一定要变成猪，但他必须观察猪，知道猪的习性，知道猪的特点，然后进行合理的想象。创作就是这样，在观察的基础上展开想象。

需要注意的是，刚开始创作时，别去读那些理论文章。到什么时候再读文学理论呢？到我这个程度的时候。你什么时候写出了《大漠祭》《猎原》《白虎关》，还想在它们的基础上更进一步，就可以去读理论书籍。因为，这时的理论已经不能影响你了。这时的读理论，就像我跟别人的交谈一样，是一种思想的撞击，是从一种新东西当中寻找让自己成长的营养。在思想的交流与碰撞当中，会诞生全新的东西，完成另外一种对自己的打碎与超越，而不是寻找一种用来束缚你的理论。所以，在你的心灵没有达到完全自主时，尽量少看理论。在这个时候，所有的理论都会变成枷锁，束缚你心灵的自由，束缚你的想象，束缚你的好多东西，让你的心无法飞翔，让你的诗意无法流淌，让你怀疑自己。写作和做人一样，都需要一种心灵的自主，假如你不能达成心灵的自由，就很难发挥你全部的潜力。千万不要觉得理论与知识的堆砌能够让你实现超越，这是不可能的。

在你面对写作也罢，面对人生也罢，不要去给自己设置许许多多的条条框框，不要功利化地做事，要把那些条条框框都打碎，要不断超越自己。而真正的超越，永远只存在于心灵的自由与自主当中。就像你真正的巅峰，也不是世界的巅峰，而是你的巅峰。

我的意思是，你在有限的生命时光中，可以达到一个怎样的高度，这个最高点就是你的巅峰。不要去管这个世界对你的回应，不要去管自己是不是比其他人更强。永远都要记住，人类真正的敌人是死神，而不是世界或者人类本身。

当你完完全全地超越了自己之后，就会发现，这个世界上的一切，都不能束缚你的心灵，你的心灵总是能够自由飞翔。你的心灵中，总是充满了无穷无尽的诗意。你说，自由的鸟儿需要指导它飞翔的理论吗？不需要。它只需要食物，只需要健壮的身体与足够的营养。

写作也是这样。

小人书《战马四拐》

我给大家讲一个故事。

我上小学时，有个同村的孩子带来了一本小人书。我这才知道，世界上还有这么美妙的东西。我向那孩子借书看，最初他不肯借我，后来，我把身上所有好吃的都给了他，他才让我看完那本小人书。

回家后，父亲说第二天要去城里卖蒜薹，我就央求他帮我买那本小人书。父亲答应了，叫我把书名写在纸上，因为他不识字。我兴高采烈地写好，放好，第二天醒来，却发现那纸还在桌上。我想，书买不回来了，就哭了整整一天。谁知道，父亲回来时，带了另外两本小人书。一本叫《生命线》，讲的是一个孩子把玉米粒呛到气管里，医护人员全力把他救下的故事；另一本叫《战马驰骋》，讲的是解放军战士降服一匹烈马的故事。得到这两本小人书后，我每天都带着它们到村里去，给其他孩子看。当时，所有孩子都不认识“驰骋”两个字，便你一句我一句地猜那小人书的名字。后来，我们一致认可了一个大孩子的说法：书的封面上画了几匹战马，书名还跟马有关，所以，那本书肯定叫《战马四拐》——我们的方言里，“拐”有墙角的意思。“四拐”就是四个墙角里都有马——那两本书，给我和好多孩子带来了很大的快乐。

城里的孩子或许不会明白这种快乐，因为，大家在很小的时候，就看过大量神话书、童话书和漫画书。但是，直到今天，一些西部农村仍然没有书，孩子们很想读书，却得不到书，不知道该读什么书，也读不起书。所以，有时看到一些人不珍惜书，把书弄得很脏，随处乱扔，随意折角，甚至把书当成菜那样，一斤一斤地卖，我就非常心疼。

有多少人明白那些需要书，但没有书的孩子们的心情呢？而我们的书又承载了什么？我们的书对整个世界、整个生命、整个人类命运来说，有着怎样的意义？面对那些渴望书的纯真面孔时，我们该如何回应？当那些孩子渴望认识世界，渴望找到梦想，渴望认识自己，渴望了解人生时，我们该如何面对他们？

所以，有时我觉得，一个作家应该承担的东西，远比创作轻松、有趣、刺激、曲折的故事，让读者得到一时的放松或愉悦更重要。

「大」作家之心

现在的文学作品中少有大作品出现，与我们的意识形态有关系，但关系不大。

什么才跟大作品最有关系呢？作家的心灵。当他们只关心自己的那点东西时，又怎么能写出有益于世界和人类的大作品呢？就像因新鞋沾了泥水而埋怨雨天的人们，往往看不见身边有个老婆婆正在淋雨一样，专注于个人得失的作家，也总是下意识地拒绝世界这个宝库，拒绝鲜活的生活。

大作家之所谓“大”，是胸怀之大、境界之大，而不是技巧、笔法的超绝，更不是笔下故事的离奇曲折。这是人格修炼的效果，跟意识形态关系不大。政策和意识形态带有这个时代的气息，所以，它是文学创作的营养，但它不是牢笼和镣铐，不是要把作家关在笼子里面，什么也不让作家干。如果你的心灵足够强大，顺境也罢，困境也罢，都阻碍不了你的成长，都是你成长的助缘；如果只能依靠外界的力量来生活和创作，你就很难有真正的成就。在专制的沙俄时代和斯大林时代，俄罗斯和苏联照样出了很多大作家，这也印证了我的观点。

想要成为一个伟大的作家，就必须明白，你写不出大作品，不是别人不让你写，而是你自己写不出来。承认这一点不是为了别人，而是为了你自己。假如一个人无法诚实地面对自己的心灵，始终自欺欺人地过日子，在该自强的时候怯懦，在该谦逊的时候骄傲，他就永远无法真正成长，就会像那些沉睡在淤泥中的莲子一样，无法长成莲花。当然，是否直面自己，也取决于你的追求。你完全可以轻松地、充满欲望地活着，也可以全力维护欲望化的观点，这是你的自由，但你应该明白，付出代价的不是别人，而是你自己。

一定要明白，如果你总是在外部世界寻找自己不能自由的原因，就一辈子都不可能自由。因为，真正的自由，是心的自主。永远依附于外物，就永远受控于外物，心灵也就不可能自由。

一个作家最注重的应该是什么？

朋友问我：一个作家最注重的应该是什么？我对他说，一个作家最重要的应该是学会“舍”。好多作家都注重“取”，而不注重“舍”，结果艺术上的成就受到了限制，穷尽一生的时间，也未必能达到应有的艺术高度。

如今的世界诱惑很多，如果一个作家不学会拒绝，不学会“舍”，那么他很容易卷入庸碌和猥琐，白白地浪费生命。因为生命非常短暂，如果想要达到一种高度，只有投入全部的生命和灵魂。这时，作家必须清醒地知道自己一生该做什么，知道自己

一个作家，必须保持清醒，看淡那些别人趋之若鹜的东西，比如权力、金钱、美色，要不为外物所动，才能保持独立、宁静和自由。

想要达到怎样的一种艺术高度。高度的不同，其人生的价值就不同。

生活中也一样。以前，在物质贫乏年代，我们苦于没有选择，而现在，可选择的生活方式、职业、道路太多了，各种诱惑也实在太多了。这时候，我们更要提醒自己，不能贪，要学会拒绝，学会舍弃。比如，我的理想是当一个好作家、大作家，那么，我在生活中首先就要舍去一些东西，包括舍去一些娱乐享受、物质享受。当你达到一定境界后就会发现，很多人追求的那种所谓享受，其实是麻烦、累赘。但如果达不到那种境界时，你就会沉溺、迷醉于这些麻烦之中，心灵被“麻烦”牵引着，成为物质、贪欲的奴隶，难以自拔。

有的人也感悟到了这一点，但他舍不得那种享受，拒绝不了那种诱惑。等到他有一天突然明白过来时，可能已经晚了。拒绝诱惑，保持清醒的独立思考，这对一个人的成长很重要，对作家来说更是如此。一个作家，必须保持清醒，看淡那些别人趋之若鹜的东西，比如权力、金钱、美色，要不为外物所动，才能保持独立、宁静和自由。我的心态一直非常平静，只要吃饱、穿暖、健康，我就会全身心投入写作、读书和其他一些我认为有意义的事之中，绝不会叫一些无关紧要的事干扰自己的心灵。如何在生命存在的时候，尽快做完自己想做、该做的事情，这是最主要的。这时候再计较哪个人骂了你，哪个人和你钩心斗角，都没有啥意义。一百年后，雪漠留下的，也就是这么几十本书，而有些人可能什么都没留下，就像苍蝇飞过虚空一样。

所以，一个作家，最应该做的是“舍”。舍弃名利，舍弃欲望，舍弃贪婪，舍弃繁华，舍弃现实虚幻的一切，舍弃一切令灵魂浮躁的外现。人的生命是一根绳子，每一次对外物的追求，都会使绳子缩短。你要在死神追到你之前做完你该做的一切。

心灵强大才能建立独有的世界

我常常觉得可惜，为啥生活中有那么多可写的东西，有那么多终将成为岁月风尘的景致，等着作家们用自己的笔去定格，但好多作家却宁愿去编一些毫无意义的故事呢？为什么不质朴地反映老百姓的生活呢？

我和《飞天》杂志的李禾老师闲谈的时候，就感叹：那些作家为什么不去写身边的生活呢？他是没有发现，还是他拒绝了？李禾老师说：有些人是没有发现，他感受生活的能力不强，心灵到不了那个层次，他发现不了；有些人，虽然发现了，却把扑面而来的生活拒之门外了。而当一个作家高高在上的时候，他就抛弃了老百姓，老百姓也会相应地抛弃他。

一个作家，要经常把自己放在历史的坐标系里来衡量自己。他的存在，只有在为某个地域和某个时期的文化增添了一种光彩的时候，才有更大的价值。就像我总对学生们所说的那样，做人要守住本分。种田是农民的本分，写作是作家的本分。如果一个作家写不出作品，或是写出来的作品不受老百姓喜欢，又不从自己身上找原因，反倒怨天尤人、埋怨社会的话，是很可笑的事情。在这个世界上，挤压自己的，只能是每个人自己，折磨自己的，也只是自己那颗贪婪的心。

我举个简单的例子，有的人没得到茅盾文学奖，就气得不行，觉得世界不公平，凭什么别人能得奖，自己却什么都得不到。但是他忘记了自己还拥有一副健康的体魄，还有一个美满的家庭，家里还有老婆和孩子等着他回家。他只关注那些他不能拥有的东西，只专注于那些不能被满足的欲望，却不知道有的人连生命都快要失去了，有的人原本美满的家庭即将要破碎了，有的人心爱的孩子突然死了……当他明白这一点，懂得珍惜自己仍然拥有的一切时，他就会从巨大的痛苦折磨中解脱出来，因为他学会了知足。

要是作家有颗强大而宁静的心灵，那么任何外现都不足为惧。他不会在乎眼下的很多东西，不会为了迎合某种口味而去刻意炮制一种远离生活，或者非常肤浅的东西。他会用整个心灵、

在这个世界上，挤压自己的，只能是每个人自己，折磨自己的，也只是自己那颗贪婪的心。

整个灵魂去感受生活，感受自己身处的世界，品味自己置身其中的那种文化，用最大的真诚和善意去感受这个世界的温度，去触摸这个世界的脉搏，然后在创作中流淌出自己心里的世界。在这个过程当中，他自然会建立起一种非常独特的东西。这种独特的东西，就是他独特的人生感悟、独特的艺术追求和自己独到的艺术发现。

这时，当作家用智慧的眼和慈悲的心去发现许多像莫高窟一样的文化宝库，那他的成功就是必然的。

愿做说真话的小孩

《西夏咒》中出现了很多人类欲望与纷争的象征，金刚家与明王家在小说中就是两个互相敌对的村落，但它们实质上代表了人类的某种分别心。

什么是分别心呢？就是你觉得自己是正确的，别人是错误的；你觉得自己很高尚，别人则很卑琐……各种各样的分别心，导致人类之间不断爆发出各种纷争、矛盾，甚至战争。金刚家和明王家之间发生诸多血腥争斗的时候，每一个争议人都觉得自己是正确的，邪恶的是对方的阵营。可见，一切都是相对的。你处在什么立场，就会有什么样的标准和视野，哪有什么绝对的正义？哪有什么绝对的成功或者失败呢？纷争存在的原因，在于人类心中有一种观念在作怪，当他们用这种概念、想法、观点来判断这个世界的时候，就很可能会伤害那些他不认可或者与他对立的人类。历史上这样的事情多不胜数。几乎每一个战争狂都是这样的病人。他们践踏了无数人的生命，让鲜血染红了世界各国的土地，仅仅为了将自己的观点用武力强加在别人的身上。他们用自己非常强大的行为，把这种不尊重生命的极端思想和观点传播出去，唤醒了许多潜在的战争狂和血腥暴力分子。

但是现在，很少有人去研究甘地、托尔斯泰、德兰修女等人。许多人并不知道，那些主张非暴力的善文化，才是真正优秀的文化，才是人类文化中的精华，因为它们对整个人类都有益，而不是仅仅对某个群体有益。能够对整个人类有益，能带来整个世界的和平、幸福、善美的文化，才是人类真正需要的营养，才能滋养人类的心灵与灵魂，才能使整个人类的精神层面得到升华。血腥、暴力、欲望的东西，仅仅是人类文化中的糟粕，是不值得去弘扬与赞美的。

正是因为这一点，我要在我的小说中说出自己该说的话。我根本不在乎专家们是不是认可我的这些文字，是不是会为这些章节叫好，我也不管我是不是在技巧上犯了忌，我不在乎这些东西。我只在乎自己有没有把这种理念传播出去，有没有尽到说真话的本分，有没有让很多人知道所有的屠杀和血腥都是罪恶的。

我在《西夏咒》中也说过，我就是《皇帝的新衣》中那个说真话的孩子。我认为，每一个向往善、用智慧擦亮了双眼的人，都可以成为那个说真话的孩子，尤其是我们的作家，更应该义无反顾地做这样一个真诚的孩子。

为文的精神

为文与做人一样，同样需要有主体性，什么意思呢？

就是说你要知道自己这辈子是做什么来的，自己这辈子要写一些什么样的东西，为什么要写作，要做出智慧的抉择。要有所坚守，不能轻易地被世界上纷繁冗杂的观点和现象所干扰和改变，不能盲目地迎合社会上的好多观点，用那些观点来束缚自己心灵的自由。你应该明白，世界上的好多观点，实际上是一种人为的游戏规则，当你想要从外部世界获得一些什么东西的时候，你就会不由自主地参与某种游戏，不得不按照那种游戏规则来规划你的人生。因此，你就变成一具被某种游戏规则所操控的木偶，而不是一个活生生的、能为自己做主的人，你的心灵也不可能得到完全的自由。我举个简单的例子，一些作家很在乎诺贝尔文学奖的时候，诺贝尔文学奖就能左右他，但他可能不在乎自己能不能获得金马奖，因为他不是演员，他不在娱乐圈的那个游戏规则当中。

当你看透了一种游戏，从中脱离出来，不再参与它的时候，就叫“离戏”。一旦你有了离戏智慧，就不会被世界上的好多规则所束缚，就会感受到一种巨大的自由。比如说，如果你单恋一个女孩，想得到她的爱，那么她对你冷漠你就会感到痛苦，她对你热情你就会感到快乐，你的情绪总是随着她的态度不断变化，你无法掌握自己的心。你这一分钟还在天堂，下一分钟也许就会堕入地狱，随着她态度的变化，你不断经历着情绪的六道轮回，这时的你仅仅是个爱情的奴隶。只有从这个爱情游戏中超脱出来，你才能找回心灵的自主权，变成自己的主人。自然流露的写作也是这样。当你的心中没有文学，没有理论，没有技巧，甚至没有写作的时候，你才是自由的。自由的你，笔下才会流淌出各种景象，有大海的宽广，有小溪的宁静，有山峦的雄壮，有怒涛的奔涌，有爱的甜蜜，有恨的痛苦，有神圣，有卑琐……

你的笔下能流淌出整个世界。

除此外，真正的文学，还应该承载一种利众的精神，承载一种智慧的清凉与觉悟，应该为这个世界贡献一种非常美的东西。

能够做到这一点的，才称得上是大作家。托尔斯泰是大作家，陀思妥耶夫斯基也是大作家，因为他们的作品承载了一种非常博大的胸怀与精神，承载了整个时代的思考，这种胸怀、精神与思考，随着他们的作品一同流传下去，就能影响一代又一代的人。

所以，真正的文学，不应该被当成牟利的工具，也不应该被当成展示自己的手段，它应该承载更多的东西——它应该承载真正的“神”。

一旦你有了离戏智慧，就不会被世界上的好多规则所束缚，就会感受到一种巨大的自由。

文人之傲然独立

我常常为俄罗斯文学感到吃惊：是什么使这个民族诞生了那么多的文化巨人？这无疑是一种文化奇观。无论是专制的尼古拉一世时代，还是残暴的斯大林时代，这个民族都为人类贡献了一批又一批的伟大作家。封建专制的屠刀扼杀不了文学。贫困、富贵、厄运……一切外部势力都动摇不了俄罗斯的文学大厦。

中国文人则大多将个人悲喜甚至命运维系在强权上，血液中“学而优则仕”的杂质太浓了。次一等的，也追求书中的“颜如玉”和“黄金屋”，而将文学的真正内涵异化了。中国文人中具有真正独立人格者并不多。时下，有一些借文学满足自己私欲的“名人”，就拿巴尔扎克的卖文偿债为自己寻找光鲜些的借口。诚然，世界艺术史上不乏卖文和卖画的大师，但最本质的区别是大师的“卖”是为活着，而那些“名人”的活着是为“卖”。前者可能有鄙陋之行，但他骨子里仍足以傲世。二者区别的是心灵。鹰会像鸡一样啄食，狗也像狮子般捕猎。区别的，也是心灵。

什么样的作家是我所心仪的真正作家呢？

还是俄罗斯作家。他们不会因苦难和专制而垂头丧气一蹶不振，也不会被席卷而来的时代狂潮惊得大呼小叫方寸大乱，更不会在富贵的毒蛊下忘了自己的姓氏。他们的人生坐标永远直立，足以令他们挺直脊梁。他们自然有孤独的自信和清醒的寂寞。举世誉之，不忘乎所以；举世毁之，不垂头丧气。他们的内心，是一个世界，是一个与外部世界并存的独立世界。内外两个世界可以平等对话，但谁也别想粗暴地侵略谁。它们可以傲然地朝对方说：“请尊重我的主权。”

真正的作家就是这样，他们甚至大可不必借助于所谓机遇。有时，所谓的机遇，可能恰恰是灾难。试想，如果汉武帝刘彻垂青司马迁并委以宰相重任，《史记》的命运又将如何？无疑，政界站起一个新贵的同时，文坛必然倒下一位大师。文章憎命达。历史绝不会因某些御用文人的所谓的好机遇，就把他们的位置排在苏东坡和曹雪芹之前。问题的实质是：你有没有好东西？有好东西的，你活埋不了，如沈从文；没好东西的，你推不上去。乌鸦群中的评论家如何鼓噪，也无法把鸦王吹成凤凰。因为文学上最终说话的，是作品。还是那句话：历史会因一首有价值的小诗而记住一个名字，也会毫不犹豫地将写了成吨垃圾的“作家”扫得不知去向。

因此，我很欣赏海明威。他永远和死去的作家比。因为活着的许多终将真正地死去。他的目标总是一个个虽不在人世但在文学上永远活着的作家。

中国的老百姓太需要真正的作家了。我劝天公多抖擞几次。

写莫名其妙的东西，不如回家种地

一个人的人生观，决定了他要往自己的人生里填一些什么样的东西，是物质、名利，还是能体现生命价值的许多行为。

那么，人生观又是由什么来决定的呢？

由心来决定。你有什么样的心，就有什么样的人生观，就有什么样的世界观，就有什么样的价值观。所以说，归根究底，有什么样的心，就有什么样的人生，就有什么样的世界，就有什么样的价值，就有什么样的作品。

我的人生观很简单，如果要我去写一些莫名其妙的东西，不如当农民去种地。至今，我的老家还保留着几亩地。妻子说，你要是写不出好东西来，就不如跟我回家种地。她说得很对。现在有好多人喜欢在文章中杜撰一种生活方式，虚构一种处世态度，他自己明明却不是那样的，这样，他的写作就可能缺乏一种灵魂中流出的真诚。这种真诚，是一种行文的态度。文章，乃至任何一种艺术形式，都不是为了满足虚荣或者逃避现实而存在的，它更不是一种孤芳自赏，它仅仅是人与世界沟通的一种方式。假如为文时没有一种真诚的态度，就根本谈不上什么沟通。所以，你可以欠缺文学技巧，但你必须真诚。至于内容，你可以随缘，或写自己熟悉的生活，或抒写心灵。许多时候，心灵比世界更大。所以，不要给自己的心加上一些框框和条条，要放飞心灵，给自己插上想象的翅膀，千万不要把自己的心放入笼子里。笼子里长大的，只能是侏儒，而绝不会是巨人。

而作家如果没有情感，没有道德意识和正确的世界观，作品就不会有价值。

当然，我强调的真实，不仅仅是形式上的真实，更多的是一种灵魂层面的真实。有的学者把作家分为四类：一是写文化，二是图解生活，三是写复杂人性，四是写对人类的终极关怀。许多作家进不了最后的境界。

写作，是与自己的对话

有人认为写作是写给别人看，但其实作品都是写给自己的，不是写给别人的。写作首先要跟自己对话，因为它是你心灵的东西。

我的写书，就是为自己的生命写书，而不是为世界写书。后来世界认可我，我的书才属于世界。更多的时候，是我自己需要它。因为，人的一生，很快就消失了，尤其是现代生活非常好，几十年眨眼就过去了。我老觉得胡子忽而长了，忽而又长了，很快就过去了一年，像翻日历似的。于是我想，人很快就老了，既然这辈子来了，就给自己留下一部书吧。

所以，我的写作，首先是安慰自己的灵魂，为自己营造一个心灵家园。这个心灵家园，就是超越现实世界的另一个世界，它便是作品的艺术价值。

而我在写所有小说的时候，都是没有标准的。写作之前，我从不给自己树立任何一种标准，比如这部小说要写点什么，要表达什么样的精神，要揭示什么样的社会现状，要剖析什么样的社会本质，要告诉大家什么样的理念，等等。我心里没有这样的东西。包括“没有标准”的这个标准，我也把它给放下了。我仅仅是在享受写作。

我的写作目的，不是想给大家带来一种启迪，也不想给大家带来一种观念，我只想把自己的体验跟大家分享。比如，这里有个枣子，非常好吃，我就告诉你们，你们要是愿意，也可以过来尝一尝，能给你们带来快乐就很好。我不定非要改变谁，我只想提供我这样一个标本，提供另外一种可能性。你们觉得有意思了，可以借鉴；觉得没意思了，也不要紧。

用艺术的形式跳出现实世界，让自己暂时超越，用一种新的眼光看待身边的世界，或许对每个人来说，都是一种非常好的方式。它不一定是作家独有的，而是心灵升华到一定层次时的一种需要。

一肚子的不合时宜

为什么直到今天，我们的文学都没有实现自由，反而变成了一种可有可无的消遣，一种单纯的心理安慰，或是一种情绪的垃圾场？

当我们被欲望所控，心中填满了金钱、名利和更好的生活的时候，创作就远离了文学的本质。除了自身的原因之外，环境也是一个很重要的影响因素。如果司马迁和屈原们生存在这个时代，他们就很可能会饿肚子；如果李白生存活这个时代，想出版一本诗集都会非常艰难。

有人说，作家必须吸收时代的营养。确实是这样，但不要因此就沉溺于时代的噪音；更不要以熟悉时代为借口，沉溺于时代本身。作家在接触这个世界的时候，需要一种定力，需要一种能让自己不被时代流行的规则牵走、不被时代纷繁的信息干扰的自主。有了这种定力与自主，这个时代的一切才会成为作家的营养，而不是作家的束缚。这份自主与定力从何而来？从独处静修中来，老祖宗称之为“定能生慧”。

伟大的作家，必须有“不合时宜”的智慧与勇气。好多作家都不明白“文学不能媚俗”这个道理。不明白这一点的作家，注定无法成为不朽的大作家，试问，老鼠的肚子里怎么能生得出狮子呢？因此，作家需要孤独，需要远离时代，需要超越。不然，当代文学能不能留下什么？就说不清了。

如何能成为一个好的老师？

韩愈在《师说》中谈道："师者，所以传道授业解惑也。"其中，传道排在第一位。可见，从古到今，传道的要求一直很高。

那么，什么是"道"？所谓"道"，就是真理。传道，就是传播真理。从世间法意义上看，那真理，便是为人之道；从出世间法意义上看，那真理，则是解脱之道。传播真理的老师，自己必须明白真理，实践真理。否则，他就没法传播真理。他能传播的，只可能是道理、知识，甚至是一些貌似真理的谬论。现在，最普遍的现象是，好多不知道真理的人，都在自以为是地传播真理，反而淹没了那些正确的声音。结果，以假乱真，知道真理、实践真理的人，就越来越少。所以，一个人暂时做不到知行合一也不要紧，他至少该清楚正确方向在哪里，并且不断提高思想觉悟，积极求道。在这个前提下，他才能引导学生探索真理。否则，他只会让人家跟着自己一块掉下悬崖。

尤其是现在这个网络时代，信息传播的速度极快，什么人都能在网上发表观点，什么人都能利用无数个平台，将自己的声音轻易传播出去。因此，对于传道者来说，这是一个很好的年代，但假如运用得不好，真理的声音、优秀的思想，就会被搅天的信息淹没；对于求道者来说，这也是个很好的年代，但假如选择得不好，就会被大量的谬论、似是而非的道理，搅得心浮气躁，流于肤浅，南辕北辙。可见，网络这一现代科技，既能推动真理的传播，又能对其造成巨大伤害。如何能更好地运用它，是传道者和求道者都要仔细思考的问题。

那么，什么是“业”？这个“业”，不同于佛教中“业报”的业，而是通过学习、思考、实践得到的智慧。换句话说，是一种不同于“道”的智慧。很多人将其简单理解为书本上的知识，其实，它的含义远不止于此。它跟知识的“识”一样，指的是见地、思想、境界等，非常重要，但容易被人狭义地理解。

什么叫“惑”？所谓的“惑”，就是痛苦与迷惑。它分为两种：一种是烦恼之惑，由身体的欲望、贪婪、愚痴、仇恨等负面因素引起；另一种是知识之惑，由生存环境、所学知识、人生经历构成的认知障碍引起。解惑，就是破解、消除这两种痛苦与迷惑。然而，能为人解惑者，必须自己先做到无惑。如果老师本身仍未解惑，整天追求物欲，贪图享受，每天都被感官困扰，被物欲奴役，眼睛追求美色，耳朵追求美声，口中追求美食，六根不清净，就连最基本的烦恼和迷惑都没有破除，如何为学生解惑？又如何能成为一个好的老师呢？

好的老师，肯定是真正的知识分子，是社会精英、时代精英、民族精英，这种人不会太多。否则，他就会像大部分混混那样，浑浑噩噩地活着，人云亦云。真正的精英，绝不是曲意逢迎的人，也不会对混混言论妥协。他们会在一片浑浊的声浪中，尽力呐喊，即使叫不醒一个时代、整个世界，也要发出自己的声音。

知识分子的话语权

现在常有人自称知识分子，可真正的知识分子是什么呢？古人云："天下兴亡，匹夫有责。"说的就是即使在恶劣的社会环境、时代背景下，为了追求人类真理、世界和平，仍然不惜与主流对抗，坚持自己的独立主张，始终都有说真话的胸怀、眼界，这样的承担者才称得上真正的知识分子。

真正的知识分子，至少该有承担这种精神的心，能否承担，则是另一回事。但在欲望无限膨胀，良心渐渐缺席的今天，这种说法，包括这种精神，却沦为混混们的笑柄，在功利化的浪潮下，几乎听不到一点点声响。这也是当下有许多人陷入庸碌的原因。

所以，每一个有向往、有敬畏、有担当的人，都不要过多地考虑未来的诸多可能性，要守住真诚、向往的心。然后，在利众精神的熏染下，在整个世界的滋养下，在超越智慧的启迪下，点亮心灵，让自己一天天强大起来，拥有得心应手的大力。将来，如果有好的机遇，他就有可能成为真正的文化传承者、真正的知识分子、真正的大师。假如这样的人越来越多，这个世界就会增添许多光明。

不过，你一定要记住，即使有了这样的心和能力，也必须有相应的行为。没有行为，所有的心和能力，都没有意义。比如，当下就要介入社会，当下就要发出独立的、传播真理的声音，而且要帮助身边的人，让他们也明白、快乐、清凉。不要发愿了又不去做，也不要认为有人会这么做，不差你一个。如果你在该说话时不说话，在该做事时不做事，就会失去发言权，没人会认可你的大心，也没人会认可你的大力。假如鲁迅当年不参与、不介入、不呐喊，他就没有话语权，更不会在死后，仍然拥有今天这样的话语权。

在人类历史上，没有任何一个明哲保身的人，能拥有话语权，并影响世界。而我们要像印度的知识分子那样，从我做起，从现在做起，将文化命运与个人使命融为一体。

不过，知识分子不是在融入世界，而是在跟世界平等对话。就是说，他不但要能融入自己的生存环境，还要能跳出来，在一每一个有向往、有敬畏、有担当的人，都不要过多地考虑未来的诸多可能性，要守住真诚、向往的心。

个更高的角度上审视和思考。他不是这个世界的附庸，他自己就是一个独立、丰富的世界，一个独立的体系。他应当用一种更高远的眼光，评价——甚至像康德那样批判这个世界。这样才能在一定程度上，引领整个时代文化的发展与前进，帮助世界看得更远、更广。

知识分子的另一种清高

自古以来，一直有“文人相轻”的现象，在现代的“知识分子”群体中，仍不可避免。他们之间缺乏了解、理解，常常有意无意地，对别人的领域、专业、工作等，采取简单的拒绝、排斥、否定。

就像有些拥有高职称、高学位的知识分子，对社会上的成功艺术家、成功商界人士，以及其他行业的成功者，往往抱有偏见和嫉妒。他们一味地贬低、排挤别人，不愿以更宽广的胸怀去理解、吸收、审视。他们总是活在一种思维定式下，不注意学习别人的长处，只盯着别人的不足，经常拿自己的优点跟别人的缺点比。越比，越觉得自己了不起；越比，越觉得别人差。所以，他们总是会高估自己，低看别人，自命清高，对自己没有客观、准确的评价。这正是制约他们走向更高境界，获得更大成功的致命弱点。

因此，很多时候，我们都会发现，知识分子大多只能当师爷、副手、助理、参谋，而那些执行者、开创先河的头号人物，往往不是知识分子——至少看来不像知识分子。

不过，知识分子的清高分为两种：一种是自以为是、夜郎自大的清高。这种现象很普遍，他们缺乏宽广、包容的气度，没有真正成熟，也难以成熟。除非他忘记自己的文人、专家、教授身份，对别人，对不同的专业、学科、领域，都能同等尊重时，情况才会有所转变。

例如，对真正成熟的作家来说，写作是他的生活方式，是他生命的一部分，如同渴而饮，饥而食。他不想靠写作换取什么，只想说出自己想说和该说的话。他在乎发表，但不发表也没什么。他首先是为了完善生命、充实生活而写作的，不仅仅是为了稿费或名声。因而，他不会刻意追求名利，本质上只为自己的灵魂活着。比如曹雪芹、卡夫卡、司汤达等人，他们宁可用生命创作伟大的作品，也不愿为了名利，制造文学垃圾。因此，他们虽然没等作品问世就死了，但他们的作品实现了永恒价值。这些都体现了他们的伟大。他们的身上，恰好体现了知识分子的另一种清高。

真正的知识分子，必须在内心深处与世俗保持一定距离，这是一种清醒、有益的自律行为，也是一种成熟智慧的表现。因为，人的生命、时间、精力有限，如果没有节制，不加区分，就可能会将大量时间，耗费在毫无意义的事情上面，不能抵达自己希望达到的高度。

要明白，就算一个人博览群书，能说出几句莫测高深的话，身前身后有很多人簇拥着，也不一定是真正的大师、知识分子，或文化传承者。要成为真正的大师，就要不断成长，让心灵变得越来越独立、清醒、博大。离开这个基点，就没有真正的大师，没有真正的知识分子，没有真正的文化传承者。

知识分子的『体』与『用』

前段时间，我听说，一所大学斥巨资建起一座先进、美丽的图书馆，里面却没什么可借的书——据说，该大学把钱都用在建馆上，反而没钱购书了。

这个行为固然滑稽可笑，像是个特例，但它体现出的，却是这个时代常见的一种思维模式。这个时代的人，总是根据别人开什么车、住什么房子、穿什么衣服、衣着举止是否优雅时尚，来评价一个人的水平和层次。这样的评价体系，导致这个时代的方方面面都出了问题。最可怕的是，本应引领思想潮流的群体中，也出现了大量混混。这些混混不但自己混日子，对活生生的生活、生命不闻不问，说得出几句令人费解的话，便把自己当成大师和思想家，还把身边的人也变成那样。他们不能为年轻人解惑，也培养不出真正对社会有用的人才。因此，对当下的社会来说，他们起不了太大的作用。

在这种文化的影响下，很多孩子，尤其是一些在高等学府里读研、读博的孩子，连善待别人、尊重别人都做不到，这样的人，就算拿到了高等文凭，又能为社会做出多大贡献？所以，对大学来说，最主要的，应该是培养真正的大学精神、大学文化、大学品牌、大学价值，而不是打造豪华的外表，或争夺什么名利、奖项、指标。尤其重要的是，大学里必须有一批真正的知识分子。他们既能从老祖宗那里继承最优秀的传统文化，吸收前人的成果和经验，又要具有开拓、创新精神，能打破专业局限、学术圈子、文化流派等门户、门第之见，打通时空、地域、民族、国家等局限，打破形式、框框、工具的限制，跳到社会、人类的上空，观察自己为之服务的对象，又不能高高在上。这样的人，才可能成为真正的知识分子。

为什么我说“可能”，不说“能”呢？因为，这样的人，仅仅具备了知识分子的基本素养，和一种成为知识分子的可能性，还没真正成为知识分子。算得上知识分子的人，不但要具备这种高度、这种独到的眼光，还要以自己的存在，积极地干预环境、影响社会、推动人类社会的良性发展。换句话说，他不但要有知识分子的“体”，还要有知识分子的“用”。比如，庄子是个大智者，逍遥自在，但他如果不写《逍遥游》《齐物论》等，他就称不上知识分子。因为，知识分子必须用行为贡献社会，他绝不是那种躲起来空想，不理会这个世界的人。只实现了“质”，却没有相应的“形”，就不是真正的知识分子。

大时代的眼光

中国农业文明正处在消亡转型中，历经几千年的农业文明很快就会从历史的视野中淡出，这段生活很快就会消失，但把这段历史用文学形式反映出来的并不多。

国外有些经典做到了这一点，但是国内却一直没有诞生出反映这段历史的伟大作品。过去的生活不断在流失，再也找不到了，将来的生活必然会被一种新的文明所取代。很可能，我们面临并要描写的东西会成为千古绝唱——我所谈到的，甚至并不仅限于农业文明。

随着科技和经济的不断发展，时代不断变化着，时代问题层出不穷，时代思考也在不断转换。传统不断被新的时尚否定，优秀文化在不断流失。真正的作家，应该有一种自觉，应该有一种高度，应该有一种胸怀，应该有一种担当。要看到曾经滋养过我们的很多东西，正在被时光无情地吞噬。我们不要仅仅描写自己心里的一点小东西，不要仅仅向世界倾诉一些小情绪，不要仅仅盯着眼前的一点点稿费、版税，或者人们的欢呼喝彩。当然，这些东西也很好，但它们不足以成为一个作家真正的追求，因为它们只是一种虚幻无常的东西，是不可能永恒的。

当一个作家仅仅追求一些虚幻无常的心外之物时，他是看不到世界上真正的美景的。他只能看到人类在追逐着什么，但看不到人类需要什么；他只看得到自己那种求之不得的苦，却看不到整个人类的苦难；他看不到整个人类的希望，也看不到人类在灵魂挣扎中苦苦呼唤超越与自由的那种美，看不到无私心灵所投射出的水晶般的光芒……他的心中没有一种远离实惠的陶醉，没有一份升华灵魂的追求，没有一种非常美丽的向往。当一个人的心中盛满功利的时候，他眼中的整个世界，就都是功利的对象和目标。

真正的作家应该明白这一点，去追求一种比眼前的喧嚣更久远的东西。当你用自己的文字来承载一种大精神的时候，你的笔就能影响无数的人，让别人也拥有一种向往、一种坚守，从而活得更好，你自己也会依托这种影响而超越肉体的局限，在虚幻中

一个作家最应该做的事，就是修炼自己的人格，升华自己的心灵，追求一种智慧的觉醒。

建立一种相对永恒的存在，而不只是让自己获得一些你必将很快失去的东西。

因为一个作家最应该做的事，就是修炼自己的人格，升华自己的心灵，追求一种智慧的觉醒。

点亮一盏心灯

以文学铸心，以文学重铸民族灵魂，这是一种创作时的发心。

佛教修炼中非常重视发心，因为发心会直接影响一个人行为的方向。有了明确的发心，一个人就有了明确的标准，知道自己应该如何在生活与工作中做出选择。而发心越大，一个人的成就也可能越大。历史记住一个作家，是因为他的作品能给世界带来一种价值。换句话说，只有世人需要一部作品所创造的附加值，它才有留存下去的可能。

不过，我所说的以文学铸心，以文学重铸民族灵魂，并不意味着我们要用文学的形式，对世界进行一种强性干预，不是这样的。我所做的，仅仅是用文学探讨一种改变的可能性。比如说，《大漠祭》中的灵官，以前仅仅是生活的记录者和见证人，他不想改变什么，也知道改变不了什么，周遭的环境不是一个人一朝一夕所能改变的。那么出走之后，他会发现另一个世界，回来的时候，他就会是一个全新的灵官。他可能反思这块土地，他的出走不仅仅是身体的出走，更是观念的出走，是从心灵上走出西部，走出西部历史文化的阴影。

所以，灵官的出走，是一种象征。但是，仅仅一个出走的灵官，或是出走后再回来的灵官，很难改变西部固有的现状。西部要完成文化的全新构建和灵魂的重塑，需要几代人的努力。事实上，不只是西部，整个世界都是这样。

任何一个人的力量，都远远不足以改变一个世界。释迦牟尼没有完全改变这个世界，耶稣也没有完全改变这个世界，但是这些时代巨人从来没有放弃过自己的向往。正是因为他们的不放弃，世界记住了他们的名字，记住了他们的故事。他们的故事千百年来温暖着无数人的心灵，为好多渴望善美的人提供了一点希望之光。这点希望之光虽然微弱，虽然不能洞穿暗夜，但它能温暖行人的心灵，让人看到方向，这就够了。

真正的作家，应该为世人点上这么一盏心灯，应该以文学的形式尽好自己的本分，说一些该说的话，为世界贡献一种真正的价值，这样才算没有白活。至于世界是否认可它，它是否能为作家换来一些相应的回报，就不是作家考虑的事情了。

一个作家真正应该做到的，是升华心灵、完善人格，使自己拥有一个独立的心灵世界，与外部世界实现一种平等的对话——自己不去侵略外部世界，同时也不被外部世界所侵略——在这个基础上，把自己所有的观察、思考和智慧，都通过文字传递给这个世界。只有实现了这样的一种传递，作家的境界、胸怀、思想和智慧才有了真正的意义。

一种岁月抹不去的精神

十多年前，我的家乡发现了一个洞窟，就是《西夏咒》中写到的那个洞窟。那儿曾经发生过一个故事，这个故事是《西夏咒》中非常重要的线索。故事讲的是一个女孩子从屠夫那儿赊了一些猪内脏去供佛，屠夫追过去叫她还钱，后来他们就飞走了。这个故事在很多人看来，都不可思议，但当地人并不认为它是一个神话。而且，在许多历史书——比如《安多政教史》——中记载了诸多我们认为是神话但当地人认为是真实存在的故事。这些故事，成了《西夏咒》的一些素材。

有一个记者问我，你是怎么想出这些故事的？我告诉他，这不是我拼凑着想出来的，我生存的那块土地上本来就充满着这样的故事。这些历史传奇已经融入了西部文化，成为西部文化中罕为人知的一部分。它们传承了千年，在民间以“潜文化”“隐文化”的方式影响了当地一代又一代民众的风俗、生活等。

虽然《西夏咒》看起来像一本魔幻小说，但实际上它留下的仍然是一种历史的真实，这种真实超越了人们概念上的真实，超越了地域，超越了时空，它穿梭千年，从心灵与灵魂的层面，记录了那片西部土地上曾经发生的故事。它实现了另一种意义上的定格。要知道，一切都会消失。西夏消失的时候，它仍然留下了一种直到今天非常值得我们反思的文化，那是西夏的一种精神的东西，就是说，在那个时代，屠刀和血腥可以把西夏文明——包括整个西夏——都扼杀掉，但它仍然留下了非常辉煌的文化。这就是一个时代存在的证据，一种文明存在的证据。

那么，我们要追问一下，未来的时候，我们这个群体、我们这一茬人消失之后，除了暴力的游戏、欲望的煽动、各种名利追逐的行为等等垃圾之外，能不能为我们的子孙后代留下一种岁月毁不了的东西，能不能留下一种真正造福子孙的东西？除了谴责罪恶之外，文学也必须思考这个东西——我们能为这个世界留下些什么？

而岁月毁不了的东西，其实是一种精神，包括我们对善文化的传播，往后都会成为岁月毁不去的东西。因为，随着这个链条的启动，无数读者的心灵会产生触动，他们会得到一份跟以前不太一样的东西。我觉得，这些东西会一代又一代、一个链条又一个链条地传承下去，这就是一种文化的力量，文学也应该承载这样的一种使命与责任。

现在的问题是，我们能不能也像他们一样，留下一种岁月毁不去的东西？这是每一个作家，乃至每一个人都必须思考的问题。

第三章 Chapter 3

大/善/之/心

活着就要发声

为什么去西部？

不了解西部的人，总以为它是消极、落后的。去西部更是成为扶贫的代名词，然而当你真的去体验了那片土地，或许会发现被救赎的是自己的心灵。

在那片土地上有一片智慧的大海，叫西部文化，它是中国传统文化的重要组成部分。当你在里面潜泳时，就会发现，它既博大深邃，又极为温柔。它的每一滴水，都能让你从心底里觉得清凉、快乐、温暖、宁静、安详，不再烦恼，不再不安，就像躺在母亲的子宫里一样。最奇怪的是，你放下了一切，却还是积极地生活；你什么都不在乎，却仍然竭尽

它的每一滴水，都能让你从心底里觉得清凉、快乐、温暖、宁静、安详，不再烦恼，不再不安，就像躺在母亲的子宫里一样。

全力地做着该做的事。这就是西部文化最优秀的地方。然而很多人不理解，认为一个人一旦接受了这种文化，就会变得懒惰、散逸，整天像那些坐在墙角晒太阳的老头子一样，不求上进。实际上，这只是他们的一种误解。

西部文化并不消极，也不懒惰，反而是非常积极的。不过，它的积极并不体现在物质追求方面，更多地体现在对生命意义的叩问，以及对生命价值的实现等方面。而且，它不像魏晋时期的玄学，光谈形而上的学问，不关注眼前的现实。虽然西部文化也谈形而上，但它总是积极地介入现实。比如凉州贤孝。一旦发现时代出了问题，凉州贤孝就会介入其中，教化世人，让人们向往大善，把人们向有益于人类文明的方向牵引过去。

西部文化中的很多东西是不同于这个时代的，它是非常温暖的，未必像很多人想象的那么落后。如果你想得到西部文化的精髓，就必须到西部去。其实每个人一辈子都必须有一次这样的生命体验，而且必须趁着年轻。因为一旦你被城市文明腌透，或许就再也不想去西部了。就算去，也不是去体验的，而是去旅游，去见世面的。

假如你在还有向往，还有精神追求时去西部，就会有截然不同的收获——你所有的见闻和感受，都会变成宝贵的营养，让你一生受益。问题是，你愿不愿意认识它？愿不愿意了解它？认识与了解之后，又愿不愿意弘扬它，传播它，让它加入主流的声音，真正地影响这个时代？

大乡土说

随着时代的变化，“乡土”不再是个狭隘的概念，它拥有了一种更宽广的含义。

乡土有两种：一种是先天的乡土，一种是后天的乡土。先天的乡土，就是生你养你的故土；后天的乡土，就是你选择了某种文化、地域、群体或民族后形成的，一种文化上的乡土。这种乡土，代表了一种回忆、回味、坚守和传承，它不仅仅是一种符号性的文化，更多的是一种精神的载体。你也可以将其理解为一种传统文化，一种世代人沉淀下来的文化。除了老爷爷、老奶奶聊起的那种文化之外，还有一种中国传统文化的营养，这才是我真正提倡的乡土——大乡土。

乡土文化可能粗糙，可能原生态，可能不够精致，但它有无穷的灵性，能让你变成一个有灵性的人，而不是学习的机器。只有真正活着的、有灵性的人，才有无穷的创造力，有细腻的感受力，才能成为大师。在这些传统文化中，我们能体会到很多在历史中沉淀下来的东西，也是有益于滋养我们的心灵的。但是要注意的是，我们在学习的时候要能择其精华，弃其糟粕，不要将传统文化变成镣铐。如果被其束缚，就会变成一种迷信，而不能在其中体会到乡土文化中的情感美了。

而今天，我们中华民族的乡土，已受到了很多外来文化的强烈冲击，地盘变得非常小了。很多狭义的乡土文化、小文化，比如浙江温州的鼓词、杭州的一些本土文化等，都已找不到了。我常常谈到的凉州贤孝也是这样。在我们那块土地上，能唱出我那种味道的人，也不多了。现在的人们，只会唱流行歌曲，已唱不出民歌了。

在西方文化的挤压下，能存活下来的，或许只有大乡土文化，一些狭义的乡土文化，只有在雪漠的藏书柜里，才占有一席之地。它们就像杯子里的水一样，随时都有蒸发的可能。它们正面临灭绝。所以，在吸收外来文化的同时也要传承一种心灵上的乡土文化，不要让本土那些优秀的、属于自己民族的文化消失，要让它作为我们心灵乡土的一个重要组成部分，一直传承下去。

何处是家乡？

我曾说，当一个人真正拥有了他的家乡，并成为一种文化代言人的时候，他就能相应地拥有一个丰富、独特的心灵世界。后来，有人问我，什么叫真正地拥有了自己的家乡，如何判断自己是不是真的拥有了自己的家乡？

我告诉他，当你真正地吸收了家乡文化的精华，并能够“学以致用”时，你就真正地拥有了自己的家乡。我举个例子，我很爱我的父亲。小时候，村里人叫他“大人”，因为他叫“陈大年”，长得很高大，说话声音也很大，我们的生活虽然很清贫，父亲却很大气。村人于是“大人”“大人”地叫他。他虽然不识字，但他的身上，有许多叫我难忘的东西。我自小就很爱他。但是在一种巨大的爱当中，我仍然明白他不是一个完美的人，我知道他有他的愚昧之处，但我仍然很爱他。我从他的身上继承了许多好东西，包括与人为善，包括对社会与他人的一种责任感，还有其他好东西。读者可以从《大漠祭》《猎原》《白虎关》中的老顺身上找到我父亲的影子。那些好东西对我来说，就像我生命本有的基因，因为从我很小的时候开始，它们就随着生活的每个细节，深深地渗入我的灵魂深处，像基因代码一样，变成我生命的一部分。我不但会在作品中传递着父亲的讯息，还会用行为来向他人诠释我所传递的信息。当然，在我的传递中，也有我自己的新东西，因为从父亲那里承继的东西，经过我在生活中的咀嚼与消化，变成了一种更加鲜活、更加适应这个时代的一种文化。它加入了一种对时代的思考。这种思考，是一种与时俱进，而不是全盘否认与拒绝。因为我相信并且尊重父亲的存在价值，想要将父亲身上最美的东西传承下去。

同样，当我深爱自己扎根的那片土地时，我也不会忍心用任何一种行为来伤害它，尤其不会用一种莫名其妙的东西来消解它本有的一种美，即便这种美已经呈现出一种老态。我会像继承父亲的某种传统一样继承它，用自己对新时代的理解来更新它，让它更符合现代生活的某种需要。这种传统，也许是一种精神，也许是一种品格，它不仅仅是一种形式。但现在最可怕的是，我们要活到老、学到老；取天下学问，为我所用；铸就光明心，以照菩提愿。

国家的传统文化正在逐渐消亡当中，西方强势文化正在飞快地对我们进行着文化的侵蚀。现在，过元宵节、七夕节的人越来越少，在我的家乡有些人甚至在过年时也不贴春联了，却有越来越多的中国人，而且是非西方宗教的信仰者，在过着圣诞节与复活节。这些西方文化符号所承载的某种信息，正在无声无息地侵蚀着我们对土地的某种感情，侵蚀着我们对过去的某种依恋。

当然，我们没必要停留于过去，更没必要拒绝新的东西，但是，我们同样没必要因为吸纳了新的信息，就全盘忘却传统文化中一种非常美、对人类非常有益的内容。我们应该明白，这样的信息当中，存在着一种对人类非常重要的东西，那就是一种大爱。

不该遗失的爱

这个时代的许多人都势利了，与人谈着条件，谋取利益，对故乡更是如此。

当家乡给他们带不来实际利益的时候，他们就会忘了家乡——就像有的人因为自己的父亲没办法给自己找一份好的工作，或者没办法给自己买好的房子，就忽略了父亲的感受，忽略了父亲的存在，甚至不肯承担一份子女应尽的孝道，这是非常可怕的。

对我来说，我也剔除了家乡文化中的一些糟粕，但是我仍然会弘扬它精华的那部分。我总是说，凉州贤孝决定了我作品的基调，它所蕴含的那种悲天悯人的宗教情怀，从童年时代起就一直影响着我和千千万万的凉州人，它在我们的心中种下了一颗非常美的种子。这个种子能够结出的果实，是对整个人类、整个世界都非常有益的。因此，我总是利用一切机会，在网络上、在报刊上、在电视上，尽可能地传播我所承载的文化与思想，尽量放大自己的声音，为的就是保存一些有益的文化火种。为此，我不在乎自己是不是会被别人误解，是不是会受到别人的质疑，我不在乎这些。

要知道，记忆是不断消失的东西，但我们仍然应该守护一份感动。就跟记得如今年迈的父亲，曾经用自己青春的付出，换来了我们的健康成长。有的时候，他们甚至为了我们而牺牲了自己的梦想。我们可以不认可他们的选择，但是应该记住这份爱，把这份爱牢牢地珍藏在心里，应该懂得珍惜。应该知道，自己拥有的这种东西，它是必然会消失的，我们能做到的，仅仅是好好地去珍惜。这种东西，包括在生命中扮演过重要角色的一切，你的亲人，伴随你成长并在你生命中留下重要印记的那种文化。

所以，我们不能遗忘自己的生命之根。只有找到自己的生命之根，智慧之树才会常青。但生命之根也并不仅仅专指某一片土地，更多的是指心中的一种依怙，一种心灵的皈依。真正的生命之根，是心灵之根，是发自内心的一种爱。因此，我常常说，真正的爱是发自内心的，甚至无须培养或者寻觅。真爱是远离有为、造作和功利的。有了功利，就不是真爱。真爱，只需要等待。

理想，其实就是向往

有人问我，你怎么看道德理想主义？我告诉他，虽然我不关心时下的思潮，但我很尊重道德理想主义。我甚至把它看成一种做人的底线。

所谓“理想”，就是一种超越现实的存在。我们向往这样的存在时，就有了理想。换句话说，理想，就是向往。因此，敢于追求理想的人，往往能超越当下的自己，得到某种程度上的升华；不敢追求理想的人，就会变得越来越平庸，最后，再也称不上“人”，变成一种类似于人的动物。因为，没有向往的人，固然在生存技能、生存条件、物质追求等各个方面，明显高于动物，但他们同样活在动物本能中，不拥有人的精神追求和人的精神殿堂。而且，一些没有向往的人，有时会比猛兽更加邪恶、可怕——尤其是那些没有道德底线的作家。

一个邪恶却没有才华的人，只能荼毒自己和身边的一小撮人；一个邪恶又有才华的作家，却会依托自己的笔，用一种邪恶的文化煽动人群的欲望，让这种罪恶的文化像病毒一样扩散出去，把无数活生生的人，变成心灵的僵尸。因而，我非常尊重那些有向往、有道德操守的作家。我觉得，就算有人批评他、不认可他，也没关系。因为，那些人只是不理解他，他或许也不会在乎。

真正的道德理想主义者，是不在乎世界的。因为，他有自己的道德标准，有自己的行为坐标，有自己的人生标杆，有自己的向往。他不在乎世界怎么对待自己，永远为自己的心灵活着。而且，他很明白，就算整个世界都在骂他，这茬人消失后，骂声也会消失；同样道理，就算现在整个世界都在赞美他，为他喝彩，甚至高呼万岁，这茬人消失后，喝彩声也会消失。岁月总像秋风扫落叶一样，把什么声音都扫得干干净净。除了一些有益人类、有益未来的东西之外，什么都留不下。

而那些在乎世界的人，只可能成为时尚作家、畅销作家。因为，他们关注人群的焦点，别人喜欢什么，他们就炮制什么。他们可能会有很大的影响力，能发出很大的声音，但这种声音非常脆弱。因为，它没有值得被留下去的价值。所以，真正的道德理想主义者不在乎别的，只在乎自己能否为世界贡献一种真正的价值。

诚信的宋襄公哭了

很多人想不通，为什么现在地球上出现众多的暴力、残杀、战争、血腥等恶的局面？

因为这些恶的现象都是恶的文化和人类的贪婪造成的。那些争夺强权和依靠暴力取胜的人，无非是想要最大可能地满足私欲。比如：掠夺美女，满足淫欲；掠夺美食，满足食欲；掠夺大量金银财宝，满足对物质的贪婪……当他们的欲望得到最大满足时，别人就会非常羡慕。例如，刘邦看到秦始皇耀武扬威时，就说，大丈夫应当如此！这种贪婪的欲望，如果被没操守、没智慧的文人所记录、流传，就会在我们的文化中种下恶的种子，传递给一代又一代人。每传递给一代人，就有一代人受到荼毒。最可怕的是，每一代文人，都会用自己的笔讴歌暴力、屠杀、血腥，让罪恶文化的啦啦队不断扩张，让罪恶的声音充满人类的历史时空、文化时空。

不妨回想一下，宋襄公泓水之战时约好过河再打，结果遭到失败，他的信守承诺遭到了多少中国文人的嘲笑？他甚至被嘲笑了千年！那些重视贪欲的人，将这种诚信讥为“妇人之仁”，将有底线的宋襄公讥为“傻瓜”，而诚信的宋襄公要是知道后人如此嘲笑他，指不定会委屈地哭出来。但那些嘲笑的人却不知道，自己的嘲笑对人类文化造成了多大的伤害，多少人因为这样的嘲笑，陷入了一种罪恶的集体无意识，不再向往崇高、诚信、仁慈、公正，反而向往残暴和奸诈。

因此，当我们呼唤诚信和良心时，也要反思自己的一言一行，反思自己认可的真理，看看自己是否是罪恶啦啦队中的一员。千百年来，有过这种讴歌的文人，都要为今天的局面承担相应的历史罪责。当然，这种状况不仅中国独有，也是人类普遍存在的问题。因为，它已经变成了一种人类文化。人类历史上只要出现一个讴歌罪恶的人，他就会影响第二个人、第三个人、第一百个人、第一千个人……大家都四处传播，引以为常，就会形成一种思维定式，最后就变成了全人类的集体无意识。

除了人类本有的贪欲、偏见和文人的传播外，这种集体无意识也跟统治阶级的蒙惑有关。所有坐上“龙椅”的人，都怕别人来抢他的“龙椅”，就进行大量愚民宣传。加上我们前面谈到的种族主义、民族主义、地方主义等综合因素，就导致了人类社会陷入今天这样的局面。有时在这样一种特定的环境下，又会将集体无意识融入教育体系，使教育体系也被毒化、扭曲、异化，这种教育体系就会进一步恶化人文环境。

如果一个文人真的有良知，有智慧，就不该一方面谴责明显的罪恶，另一方面又助长罪恶的集体无意识。如果不改变恶的文化土壤，贪污、犯罪、堕落、无底线等负面现象，就必然会层出不穷。人类社会的明天，更是令人担忧。

暴力就是暴力，哪怕披着正义的外衣

何为民族英雄?

金兀术为了金朝的利益，带着军队去杀宋朝人，他就是金朝的民族英雄，但是对于宋朝来说，他却是可怕的侵略者，是让无数百姓陷入恐惧与血泊的刽子手；岳飞是宋朝的民族英雄，他维护的是南宋人的利益，因此得到了汉人的千古传颂，但他同样也制造了金人母亲的号哭。可见，换一种角度，英雄就会变成罪人，罪人又会变成英雄。历史人物本身，哪有固定不变的价值?

所以，我不关注他们的身份，也不想给他们贴标签，我关注的，仅仅是这个行为能不能给整个人类带来某种益处。假如不能，这种行为就没有意义。假如它会对人类造成伤害，它就不如不要存在。比如屠杀。

当然，生命遭到威胁的时候，我们必须抵抗，但我们的文化仍然不能弘扬那暴力本身。我们的文化，不能为杀戮换来的胜利而骄傲，不能为别人的死亡而快乐，不能为自己的利益而丢掉人类的良知。我们一定要记住，屠杀意味着有人失去了生命，他们的亲人、爱人、好友陷入了巨大的痛苦。那些死者跟我们一模一样，也是人类的一员。所以，屠杀永远都不值得骄傲和歌颂。有良知的人，永远都要为自己手上的鲜血而忏悔。

有个欧洲记者曾经问过托尔斯泰这样一个问题："你提倡勿以暴力抗恶，要是有一个暴徒欺负你的妻子和女儿，你怎么办？"托尔斯泰无言以对。在《西夏咒》的研讨会中，一个指责我的学者也问了同样的问题。我告诉他，我会揍那个暴徒，但是我仍然讴歌和平。为什么呢？因为，我们的文化必须超越我们的现实，必须高于我们的现实和行为。我们允许人类有暴力行为，但人类不可以盛行暴力文化。只有这样，人类才会向上。换句话说，人类可以有正义的行为，可以有正义的战争，但我们一定要明白，这种"正义"是相对的，不是绝对的，所以我们不能讴歌暴力的行为，而要讴歌一种比这种行为更加伟大的精神，讴歌一种值得整个人类共同向往的精神，否则人类就会堕落。

因此，即便我们出于无奈，用暴力捍卫了某种东西，我们仍然要拿起手中的笔，鞭笞屠杀，鞭笞战争，鞭笞使无数生灵淹没于腥臭血泊的罪恶。因为，对暴力和血腥的崇拜能够唤醒的，只有愤怒，只有罪恶，只有更多的潜在罪行，而绝非和平，绝非宽恕，绝非大爱。无论我们的倡导能起到多大的作用，我们都应该倡导爱。

倡导用爱代替暴力，是人类文化的使命。

我们的文化必须超越我们的现实，必须高于我们的现实和行为。

任何暴力都不可被膜拜

西夏王朝非常短暂，它不像中国其他王朝那样，有很强的传承性，原因就在于暴力者必然会招致暴力，挥舞屠刀的人最终会招来屠刀。所有屠杀人类的人，无论他打着什么样的旗号，正义也罢，非正义也罢，都是罪恶的。

不过西夏文化中，乃至中国文化中，这种说法都不会是主流，人们更愿意相信成王败寇，成功的人就是英雄——事实真是这样的吗？

“9 · 11”事件发生的时候，很多人因为不喜欢美国的霸道，就为炸毁了世贸大厦的恐怖分子喝彩，这也是一种罪恶和无知。人类不应该为任何一场屠杀喝彩，屠杀就是屠杀，是整个人类的创痛。一旦我们的文化开始歌颂暴力，就会出现无数的恐怖分子，出现无数的“人肉炸弹”，等等。因为，当习以为常的恶衍化为人类的集体无意识时，我们就会以为这是对的，认为人们以一种暴力的方式去寻求欲望的释放也罢，愤怒的报复也罢，都是无可厚非的。我们有时可能还会认为，敢于在愤怒与某种观点、立场的激荡下，砍下敌人头颅的人，就似乎是勇者，然后我们去膜拜那些所谓的英雄，传播那些所谓的英雄事迹。但事实并不是这样的。当你为这种暴力行为叫好的时候，你不会察觉自己心中的恶念正在与这种罪恶的文化产生共振，因而在不知不觉地增长着欲望与愤怒。在某种愤怒或欲望超过了道德准则、超过了理性能力的瞬间，你可能就会挥起屠刀。你身边的人也是一样，他们在情绪与无知的鼓动下，也可能会挥起屠刀，他们的屠刀，或许还会砍到你的脖子上。

想要让社会减少一些血腥暴力事件，我们首先就应该诅咒这种滋长罪恶的文化，不要再去膜拜一些所谓的英雄，更不要传播他们所谓的英雄事迹。要知道，罪恶的土壤所滋养的，大多是罪恶的种子；罪恶的文化所催生的，大多是可怕的罪行。不改变这种罪恶的气候，好多举措都仅仅是治标，而不是治本。社会就像一个人的身体，可怕的罪行就是发生了癌变的细胞。当罪行产生的时候，你必须关注的，并不仅仅是这个单一的现象，而是现象背后的东西，是整个文化中所存在的问题。你只有明白了这一点，才会知道什么是值得赞美的，什么又是真正应该抵制和抨击的。

任何生命都值得尊重，因为任何生命都必然经历从生到死的那种痛苦。在这一点上，所有生命都是平等的。所以，没有谁应该成为他人观点的牺牲品，每个人都不应该以任何理由夺走他人的生命与梦想。一定要知道，杀生和暴力是罪恶的，它带来的绝不会是幸福，而只会是痛苦，是最终的灭亡。

狮子的铠甲，绵羊的心

很久以前，有一条毒蛇，它老是伤害小孩子，因此，所有的孩了都很怕它。有一天，它天良发现，就皈依了佛陀。佛陀给它授了戒，嘱咐它不能再去害人，所以，它再也没有欺负过孩子。孩子们发现毒蛇的改变之后，不但不再怕它，还拼命地抽它、打它，把它折腾得奄奄一息。有一天，佛陀来探望自己的弟子，却发现它快要死了，就问它怎么回事。毒蛇说，皈依您之后，我再也没有欺负过别人，所以谁都来欺负我。佛陀告诉它：记住，你不要咬人，但你也不要忘了告诉他们，你也有毒牙，随时可以要人的性命。毒蛇把佛陀的话铭记在心，每次有孩子想来欺负它的时候，它都会朝着孩子露出尖尖的毒牙，孩子一看，马上就吓跑了，久而久之，就再也没人敢去欺负它了。

什么意思呢？就是说，心和行为是可以分开的。你不能有害人之心，但行为上仍然要随顺这个世界。而且你时刻都要记住，虽然你不得不这么做，但这种行为仍然是错误的，更不能形成习惯。如果你不记住这一点，某个偶发的行为，就会在你心里种下一颗恶的种子，遇到邪风恶雨，它就会发芽、长大，然后吞噬你的良心，让你变成一个非常糟糕的人。

这个世界固然是弱肉强食，你也可以让自己变得非常强大，但你一定要明白，就算绵羊必须穿上狮子的铠甲，也不代表它的心就要变成狮子的心。换言之，即使你在行为上保护自己，也不要丢失那颗善良的心。铠甲是铠甲，心是心。

这个世界固然是弱肉强食，你也可以让自己变得非常强大，但你一定要明白，就算绵羊必须穿上狮子的铠甲，也不代表它的心就要变成狮子的心。

分别心带来的罪恶

有人问为什么分别心能产生很大的负面作用？因为，它会让我们生起执著。

而当我们执著一些东西时，就会反抗可能让我们失去它们的一切。包括无常。其实，每个人都应该明白，不管反抗也罢，不反抗也罢，无常都会存在。就像每个人都免不了生老病死一样，世界也在哗哗变化着。我们拥有的一切，我们的想法，包括我们的欲望本身，都不会始终维持原状。就算没人跟我们抢点什么，我们也留不住任何东西。

比如，有些人千辛万苦地爬上一个很高的位子，结果没怎么享受就退休了，或者突然就死了。这时他才发现，一辈子追逐的东西，就算有一天真的追到了，也不会永恒，更不属于自己。成吉思汗就是这样。他临死前才明白，自己虽然灭国四十，但最后仍然一无所有。大海一样的金银马上就会换了主人，成千上万的美女很快就会找到新的男人，大汗的地位马上会被别人取代，征服过的国家也会很快易主……哪怕他曾经征服整个世界，到头来，也只拥有四块棺材板的空间。世界就是这样。不管你多么强大，都赢不了无常，赢不来永恒，逃不过“成住坏空”的规律。

因而，如果你真想为世界做点什么，就不要满足于一腔热血。你要消除分别心，锻炼出一颗独立、超越、清醒的心。否则，你就会把情绪与偏见当成良知，把贪婪当成旗帜，助长时代的无知。换句话说，我们不要用愤怒、贪婪、仇恨、偏执、冲动应对世界，要清醒一点，再清醒一点，超越混乱的流行价值观，站在世界、人类，甚至宇宙的坐标系上反观人生与行为。不然，我们就会在善的名义下，把世界变得更加糟糕。

痛苦的本质是分别心

有人问这个世界上为什么痛苦的人那么多？痛苦，是因为有了分别心。那什么是分别心？

当你被这个世界诱惑，心中出现好坏、高低、上下等概念时，就生起了分别心。其实，人不一定要活得多么痛苦。因为，只要你消除了分别心，就会觉得世界非常圆满，没有看不惯的东西，没有接受不了的命运，那么，你就会变得安宁、满足、自在。既没有压力，也没有烦恼，痛苦便无从生起了。所以，痛苦本身一点都不可怕，可怕的是，一个人看不清痛苦的本质。

只要你消除了分别心，就会觉得世界非常圆满，没有看不惯的东西，没有接受不了的命运，那么，你就会变得安宁、满足、自在。

要知道，分别心只是一种概念，是流行话语体系对你的污染，不是你本有的东西，也不是世界的固有属性。例如，这个群体很势利，用金钱来衡量一个人的价值和成功，但那个群体或许就不是这样。或者说，如果你认可前者的概念，觉得确实是那么回事时，就会受到它的支配，用它那种造作的标准，来衡量自己的人生与价值；当你不认可它，也不在乎它时，它就拿你一点办法都没有。

比如，张三是千万富翁，李四是亿万富翁，你的存折里却只有十万块钱。如果你觉得金钱代表了一个人的价值，就会觉得自己很失败，即使有一百万，也会觉得很痛苦；如果你不在乎这个标准，就会觉得很快乐。因为，十万块能买很多书，能吃好几碗牛肉面，能换好多个馒头，能喝好多杯茶。你没有后顾之忧，哪天高兴了，还能给自己加碟小菜。这是多么惬意的事情？

要明白，需要很多东西的，是我们的分别心，不是我们自己。如果没有分别心，有二十块就买本书，有三十块就再吃上一顿饭，有四十块就再买本书，有五十块就吃顿好一点的。这时，就算你回头再过十块钱的日子，还是可以吃上馒头，喝上水，有啥好不快乐的？因此，我们不要有了十万想百万，有了百万想千万，有了千万想亿万。人只要知足，就不会被那些上上下下的数字，搅得焦头烂额。

警惕你的『不公平』

随着经济与科技的发展，穷人和富人之间的距离，也变得越来越大。富人拥有天堂般的享受，穷人可能连小病都治不起。这样的世界，是非常危险的。因为，诸如此类的刺激，会让穷人的心里充满怨恨，当两极分化和仇恨达到一定程度时，人类就会重新洗牌。

因为如果一个人充满仇恨，又无法改变现状，也无力报复社会，他就会把暴力倾向宣泄到比自己更弱小的人身上，让那些人去承担自己的失落。这时，有老婆的会打老婆，有孩子的会打孩子，一些家长甚至把亲生孩子按到水里淹死。所以，仇恨是非常可怕的，它只会压制善，滋生恶。例如，凶手们砍杀孩子时，很可能不觉得自己在杀人，而是觉得，自己在报复那个叫作“社会”的庞然大物。这是非常可怕的。

变成凶手的人，都肯定觉得世界不公平。他们觉得，凭啥别人拥有高楼大厦，自己却露宿街头？凭啥人家挥金如土，自己却穷得吃不饱肚子？凭啥人家趾高气扬，自己却任人使唤？凭啥人家拥有大量资源，自己却一无所有……一切的失落，都会让他们觉得心里不平衡，假如这种失衡感得不到正确的处理，他们心中就会滋生一些邪恶的东西。所以，社会的贫富分化，以及诸多的不公平，都是恶的催熟剂。

而当下的价值评价体系已经非常扭曲了，人的心灵也变得非常冷漠。在这种情况下，所有得不到尊重的穷人，都可能变成凶手，拿起屠刀。所以，当一个非常好的孩子突然去犯罪时，要明白，他可能在最需要帮助的时候，受到了冷落、拒绝，甚至侮辱。

但是我发现，诸多言论——包括一些大众媒体——都在咒骂凶手，认为他们该被千刀万剐。因为他们不杀坏人，却要伤害一些无辜、弱小的孩子。这样的凶手当然是懦弱的，但他们同时也是受害者，是病人。在拎起刀子之前，他们是跟我们一模一样的人。他们同样有父母，有孩子，有亲人，有爱人。如果这个社会在他们需要帮助、需要关爱时，给了他们哪怕一个微笑，他们都不一定会施暴——是我们的冷漠，把他们推向了绝路。如果不明白这一点，有一天，我们就有可能被屠刀砍掉脑袋。

何为假？何为真？

我们一般认为，不撒谎，很老实，就是本着一颗真心做人，但佛家追求的不是这个东西。佛家追求的是脱离一切假象的束缚，能自主心灵。

什么叫假象？我举个例子：一个东西是由各种条件组成的，一旦这些条件发生变化，这个东西就会改变，甚至消失，但我们不知道，还以为它能永恒。有一天它变了，或者消失了，我们就会发现，所谓的永恒，其实是个谎言。而且，这个谎言的始作俑者不是别人，正是我们自己。我们以为鲜花是美丽的，破败的花是不美的；双眼皮是美丽的，单眼皮是不美的；白皙的肌肤是美丽的，长了暗疮的皮肤是不美的；有钱是成功的，贫穷是不成功的……无数对立的概念，都是我们自己编造的谎言。一旦我们相信了这些谎言，就会被它们制约。

这个道理听起来很简单，但做起来恐怕就没那么简单了。就像一个孩子被想象中的巫婆吓得大哭时，根本就不知道可怕的只是想象，不是现实本身一样。不明白的人，难免会认假成真，把虚幻的一切看得非常实在，觉得它就是事物的真相。那真相是什么？真相是无常。这个世界是无常的，是善变的，任何现象也罢，物质性的存在也罢，都不可能永恒。有些人宣称自己明白无常，但回到生活中，就会轻易被激怒，轻易受到引诱，那么，他就显然没有明白。不明白，便无法超越自己，也无法超越生活环境。这时，我们就会在某种强大的暗示下，不知不觉地迷失自己。那么，对我们来说，道理就是道理，生活还是生活，两者永远都无法合二为一。受到刺激时，我们仍然会不安、恐惧、愤怒、嫉妒、仇恨，会害怕失去自己在乎的一切。

其实，我们认为的世界，只是妄心的产物，是心灵营造出的一种幻影。当你明白真心，能自主心灵，拥有人的主体性后，你就会看破一切幻觉与假象，从别人的评价、世俗的诸多规矩和标准中脱身出来。因为你发现，这些东西跟你没有关系，对你来说也没有意义。它们只跟在乎它们的人有关系，也只对在乎它们的人有意义。

因此，有人问我，是否想依托小说传递某种意义时，我说：

“雪漠的意义，只对雪漠有意义。你要寻找自己的意义。同样道理，别人的光明也是别人的，如果你是个瞎子，就算整天在明眼人旁边，也看不见一点光明。”

中国人的『人情味』

不少人讨论中国人为何不能凝聚成更大的力量？这是因为，很多人都从个人利益出发，在考虑问题。就像现代人衡量人与事物的标准：对我是否有利？对我有没有好处？

大家都说中国人很有人情味，很热情，但你仔细看看，一些人的人情味、热情、关心、爱护，仅仅局限于自己的孩子、家人、亲戚、朋友这样的小圈子。对于其他人，他们大多是不管不问的。例如，有个孩子被同一辆车两次碾压，后来又被另一辆车压过，前后有十八个路人经过，其中有个女人还带

我们的社会不能过于肯定欲望，应该更多地推崇、弘扬一种大善心、大善行，这样才有利于大众的生存和发展，最后，也必定有利于每个社会个体。

着孩子，但他们都没有伸出援手。这实在令人寒心。但这已不是特例了。这说明，我们的社会已经出现了严重的问题，每个人都不能继续忽视下去了。我们一定要明白，这不只是那些路人的问题，也不只是那两个司机的问题，而是我们每一个人的问题。

其实很多人不知道，个人利益与整体利益、社会利益、民族利益是息息相关的。很多东西看似与我们无关，却往往会反过来作用到我们自己身上。2008 年汶川大地震爆发后，一次网络访谈中有人问我，人们为啥不从唐山地震中接受教训，还要继续那些豆腐渣工程呢？我告诉他们，对此我们每个人都有责任。每个觉得公共道德跟自己无关的人,都可能成为不负责任者的牺牲品。因此，我们每个人都该维护公共道德，不要认为所有问题都是别人的错。也许，那个不负责任的豆腐渣工程监工者，这次就有亲人死去。

当然，趋利避害是动物的天性，人类也不例外。所以，对于人性的自私，我们不必完全抑制，但也不能过于张扬。因为，人类的自私、贪欲如果得不到合理的节制，就会给整个人类带来很大的伤害。而且，比起一般的动物，人有更高的精神追求、更高尚的品格。而我们的社会不能过于肯定欲望，应该更多地推崇、弘扬一种大善心、大善行，这样才有利于大众的生存和发展，最后，也必定有利于每个社会个体。

明哲保身的「成熟」不如不要

现在，做善事的人总是被议论。

例如一些企业家做善事，人们就说他作秀，帮企业打广告；一些明星做善事，人们就说他在炒作，帮自己打广告。人们不看这些人做了什么，也不管有多少人得到了帮助，只管费尽心思地猜测、揣摩他们的真心或假意，甚至捏造一些不一定存在的动机。古往今来一直如此。一些什么都不做的人，倒很太平，没人会指责他，批评他，也没人会议论他。因为，他什么都没做，没什么可议论的。但是，这也注定了他的平庸。人性的弱点决定了人的行为。

但有时，一个人哪怕真的做了好事，别人也看不到他的优秀之处，看不到他的可贵品质，而是私下揣度他的不足，满足自己卑劣猥琐的心理，而不是升华这种嫉妒心，学习别人的优点，向往别人的精神，让自己也能进步，也能变得更好一些。这很正常。然而，这种负面猜测、怀疑的声音如果太多，就是我们的悲哀。因为，个体是社会的投影，大量个体发出这样的声音，说明我们这个社会的诚信体系出了很大问题，亟须纠正，甚至重建。否则，长此以往，后果将非常可怕。

而事实上，我们确实也见到了太多伤害社会诚信的事情。比如，昨天某人还在台上号召大家廉洁奉公，呼吁大学生支持西部，到基层工作，到农村就业，今天他就锒铛入狱了。原来，他是个道貌岸然的“巨贪”。他一方面说着非常伟大的话，一方面把灰色收入、巨额存款存到国外银行，还给老婆孩子办好了绿卡，随时准备一走了之。

又比如，各种“来头”很大的主办单位，都在廉价出卖各种荣誉、头衔、称号，形形色色的人，都可以自称大师、巨星、名家，在这个社会的舞台上，你方唱罢我登场，好不热闹，却也无比混乱。结果，人与人之间互不信任，互相提防，互相算计。为了防范和自我保护，人们习惯把别人往坏处想，不敢把别人往好处想。在这种环境和氛围中，人们渐渐形成了自私、麻木、冷漠的心态。那些厚颜无耻地宣告“我是流氓我怕谁”的人，反而被认为很真诚，还赢得一片叫好声、理解声、鼓掌声。然后，大家都为人性中的丑陋和卑鄙无耻找到了借口，心安理得地做流氓，一齐堕落。这时，突然出现一个助人为乐者，大部分人就会怀疑他的动机。

假如一个人真心想做点好事，却备受怀疑和责难，举步维艰，他就会感到越来越累，也觉得做好事的成本越来越高、风险越来越大。那么，好多人都会渐渐失去信心和勇气，不敢做好事，不敢行善，甚至不敢言善。最后，一些人干脆加入沉默的、不作为的队伍，成为鲁迅先生笔下，那些麻木不仁的集体“看客”之一。这种明哲保身的“成熟”非常可怕，如果让我选择，我还是情愿支持那些看来很幼稚，却真诚、善良的行为。

善与恶的荒诞剧

《西夏咒》里有个人物叫瘸拐大，他原来是个孝子，后来却间接杀死了自己的母亲。

因为，村里人要利用他母亲的尸体，去栽赃邻村人。村里的恶霸最初提出这个要求时，他是非常反感的，还往对方身上吐痰。后来因为恐惧，他慢慢就变了，当村里人都把他当成英雄时，他就开始觉得自己在做一件伟大的事情。最后，他真的把母亲骗到一个地方，让别人敲碎了她的脑袋。而且环境还告诉他，如果邻村人不抢水，你母亲就不用死，于是他不再自责，不再忏悔，反而开始仇恨邻村人，

善与恶的交战，是我们生命中最大的命题，也是整个人类的巨大命题。就算不能用自己的生命实现最完美的解答，我们也要向往它，并不断努力。

对其进行了血腥的报复。

孝子杀母的这件事是真是发生在我身边的事件。直到今天，乡亲们每次谈到这件事，都会自豪地笑，非常得意。为什么呢？因为，他们和邻村人抢过无数次水，打过无数次官司，从来就没有赢过。只有这一次，他们赢了。因此，他们不光是为多了的那点水而高兴，而是觉得自己终于扬眉吐气了一回。

童年的时候我不懂，长大之后，我才从这个故事里，读到了一种疼痛。我的心痛，不只为了老人的死去，也不只为了孝子的堕落，更是为了这种集体无意识的罪恶。这样的集体无意识，导致每个人都把荒诞的暴行当成了一种荣耀，这意味着，一旦有机会，同样的悲剧还会上演。最可怕的是，这样的邪恶理念，会荼毒一个又一个原本非常纯洁、非常善良的孩子，影响他们的行为，进而影响他们的命运，甚至影响整个人类的命运。

所以说，恶的行为，恶的环境，会毒害一个人的心灵，让人产生一种邪恶的东西。就算最初只有一点点邪恶，慢慢积累之后，也会变成一个人的性格，进而影响他的行为，构成他的命运。所以古人说："勿以恶小而为之，勿以善小而不为。"最可怕的是，一个孩子如果在恶的影响下长大，成年后，就很难摆脱那种邪恶。

几乎每一个凶手都有过不快乐的童年，他们在很小的时候，都可能曾经受过伤害。那时，可能没人帮助过他，也没人关爱过他，一些人还用邪恶的行为污染了他。这些邪恶，在他的心里种下了一颗又一颗糟糕的种子，长大后，他才会变得非常邪恶，而且，这种恶是很难摆脱的。包括那些最为残忍的凶手，也是这样。

其实每个人的心中，都有善与恶两股力量在不断争斗。善的力量占了上风时，人就会变得非常美好；恶的力量占了上风时，人就会做出很多残忍的事情。人性中好的部分，老祖宗称之为“良心”。当人性中不好的部分打败了良心，行为上显示出一种邪恶时，老祖宗就说：这人的良心坏了。

同样道理，如果我们的文化始终都能传递善的信息，人类心中的善与爱就会慢慢增长，恶也会越来越少。相反，如果我们的文化始终在传递恶——比如利益至上、金钱至上、有钱才有尊严、人不为己天诛地灭，等等——所有本来可能不这么想的人，都会变成瘪拐大。所有的人类纷争，包括战争，都是这样诞生的。

善与恶的交战，是我们生命中最大的命题，也是整个人类的巨大命题。就算不能用自己的生命实现最完美的解答，我们也要向往它，并不断努力。否则，我们就会堕落，整个人类都会堕落。

坏人眼中无好人

老是收到 QQ 上发来的一些添加好友申请，我大多答应了。但不少“好友”，我仅仅是跟他交流一次，便会删除了他。原因很简单，那些想当我“好友”的人，总是缺乏起码的真诚。而真诚是最好的缘。没有真诚，便没有缘。当那种起码的真诚丧失之后，老祖宗便会说“坏了缘起”。

为什么老祖宗老说：要远离恶友，亲近善知识呢？因为恶友一般不会真诚，他们只能伪装真诚。他们会寻找一种保护色——有时它很像真诚——来接近你，但因为他们心中总是有鬼，他们眼中的所

破除人性魔咒的根本方法，也是唯一方法，就是消解人性中的恶，扩大人性中的善，让心灵一天天升华。

有人，都可能是鬼。他甚至会将善知识也当成鬼来提防。也正是在这一点上，他暴露了自己不干净的心，露出了马脚。老祖宗于是说：坏人眼中无好人。因此，你分辨他们的办法之一，便是看他是否是真的真诚。在生活中，对于那些不真诚的人，我是不愿见第二次的。在我的经历中，几乎所有不真诚的人，都最终会坏事的。当然，有时候，真诚的人也同样会坏事，但他们能忏悔，能自省，能改过，便会向往崇高，离恶趋善，远离恶趣。

佛灭度时，阿难尊者问：如何对付恶性比丘？佛说：默而摈之。佛住世时，遇到恶性居士、恶性比丘、恶性百姓时，同样也是不跟他讲话，远离他们。他也无法教调那六群恶比丘，只好叫弟子们“别跟他们说话，远离他们”。佛祖为啥不叫那些罗汉弟子去教育恶比丘呢？因为他知道，没用。

许多想度恶人者，反倒被恶人“度”了——因受污染而偏离了正确的方向。这种例子很多。你本来想叫他跟你学正法，不料，你反倒跟他学邪了。我说的“邪”，便是“邪命”——它对你的生命和自由，没有多大的好处，它只会浪费你黄金买不来的生命。所以，除了远离他们，勿受其污染外，佛陀也想不出更好的办法。农夫与蛇的故事，也讲了这个道理。

因此，大德们屡屡告诫我们：要远离恶友。他们认为，要是遇到拒绝忏悔的坏种子时，最好的办法便是：扔了他，去亲近善知识，去寻找真正的“好种子”。在我们有限的生命里，这当然是最好的选择。

你我都可能是『凶手』

最近，大家都在关注一则社会新闻：有人冲进了幼儿园，屠杀孩子。最糟糕的是，一些人本来也不一定有马上犯罪的冲动，但在看到那新闻后，却纷纷效仿，一时间，好多城市都发生了类似事件。

很多人，包括一些媒体，都把这件事看成一个特殊的现象，实际上不是这样的。它反映了许多当代人的困扰，比如社会问题、文化问题等。其中，又以文化问题更为严重。我们不能简单将其看作一起暴力事件，或单纯去谴责凶手与社会，更不能觉得，它跟自己没有关系。

因为我们每个人的身边，都有无数的“凶手”。我们自己的心里，也住着一个“凶手”。我们的朋友、孩子、亲人，包括我们自己，如果在某种刺激下失去了理智，也可能会做出一些极端的事情，甚至成为凶手。更可怕的是，如果一个人不但被负面情绪控制，还有很大的权力，他就会变成另一个希特勒，伤害甚至灭绝另一个群体。所以，我们应该悲悯受到伤害的孩子，也应该谴责凶手的行为，但更重要的，是从中发现文化的问题，发现异化了的文化对人类心灵的制约和污染。否则，类似的事件，必然会反复发生。单纯依靠法律、制度，或者舆论压力，改变不了太多的东西。

季羡林老先生曾经说过，他多么希望坏人能变好，却很少看到变好的坏人。为什么？因为坏人没有信仰。凶手们之所以要砍杀孩子，其主要原因，就在于他们没有信仰。人没有信仰，就没有盼头，也找不到活着的意义。一旦生活中遇到诸多不如意的事情，他就会觉得活不下去。他可能吃得饱肚子，穿着很好的衣服，有稳定的收入，但他不知道自己为什么活着。当他举起屠刀，杀向另一个人时，其实已经准备去死了。他就像一个一无所有的恶棍，手里拿着刀，心里叫嚣着：老子光棍一条，怕啥？就算死，我也不让你们好过！于是，他就形成了一种暴力倾向。一些暴力的国家也是这样。这种暴力的东西会挟持善，让人变得非常邪恶。每一个罪恶的行为，都源于一种束缚人类心灵的“魔咒”，它不是孤立的，也不是偶然的。所以，破除人性魔咒的根本方法，也是唯一方法，就是消解人性中的恶，扩大人性中的善，让心灵一天天升华。当人类摆脱兽性，接近人性，趋向神性时，许多问题都会不解而解。

所以西方有这么一句话，就算没有上帝，我们也要创造一个上帝。这个上帝，不一定是某个特定的神，但一定是某种比人类更伟大的存在。他是谁并不重要，就算他不叫“上帝”也不要紧。

轮回是一种变化

很多人不信轮回，或者觉得轮回玄之又玄。其实，轮回就在我们身边。

比如说，从早上起床到晚上入睡，每个人已经“轮回”过了，因为我们身上有很多细胞死亡了，同时又有好多细胞诞生了，我们的身体已经变化了，早就不是起床时的那个我们了。再者，许多人之前可能没有看过雪漠的书，但他们现在看了，或许还得到了一点点启发，等放下书本的时候，可能就会善待孩子和亲人，善待自己身边的人，就是说，他们的心灵也发生了变化。这是轮回的一种。

除此之外，佛教还认为，肉体消失之后，人会依托精神的东西实现另外一种再生。这种再生真的存在吗？佛教认为存在。你认为它存在，它就存在；如果你认为它不存在，它对你而言也不一定就不存在。因为，在生命的转化过程中，必然有一种信息会被传递下去。某种精神的东西能依托某种心气的物质传承下去。

所谓的“基因”当中，既有遗传基因也有其他基因，更有一种我们在累世中留下的痕迹，所有的善恶、福祸都在这种基因中被保留了下来——就像每个人的档案中都记载了他的信息，并且不断补充、更新，跟着我们从一个单位调到另一个单位一样——它相当于我们的生命密码。当我们作恶的时候，生命密码中就会出现一种恶的信息，必然招致一种恶的结果；当我们行善的时候，生命密码中就会出现一种善的信息，必然招致一种善的结果。

好多人不相信因果报应，怀有一种侥幸心理，以罪恶的方式追逐利益，那么他就肯定会付出某种代价——这种代价或许非常明显，比如说杀了人就必然被判刑，这叫现世报；但有时它也不那么明显，比如说，有的人作恶之后非常心虚，也非常惶恐，唯恐别人报复，也怕恶行被人告发，巨大的心理压力之下，他们有时就会患上恶病。再者，小人和恶人的身边大多缺少真诚的朋友，甚至少有温暖和睦的家庭环境，在他们活着的时候，家人就可能会为了争夺财产大打出手，或者为了利益反目成仇。

所以说，不相信因果报应的人，仍然逃不过因果报应。在这个世界上，只要有了作用力，就必然会有反作用力。

不见杀、不闻杀、不为自己杀

杀生和不杀生，是人类文化中两种对立的理念。人类为了活着，可以吃一些肉，但汉地的佛教不提倡吃肉。

释迦牟尼有个弟子，他专门向富人要求布施。因为他觉得，富人的生活太好了，给他一点，不影响生活。所以，他经常在遇到富人时，才伸出自己的钵，富人也会给他很好的食物。

释迦牟尼还有一个弟子，他专门向穷人乞讨。因为他觉得，穷人太穷了，要给他们一个布施、供养的机会，让他们积累一点福报。后来，释迦牟尼批评他们说，不要分贫富，人家给你什么，你就吃什么。给你肉，你就吃点肉；不给你肉，你就吃点素的。随缘。所以，释迦牟尼并不反对吃肉，但他反对杀生。

释迦牟尼允许吃三净肉，就是不见杀、不闻杀、不为自己杀。换句话说，你不能看着这个动物被杀，不能听到这个动物被杀时的惨叫声，也不能让别人专门为你杀这个动物。满足这三个条件的肉，就是三净肉，属于食物，不是生命。

佛教传到中国之后，梁武帝——达摩来中国见到的那个皇帝——提倡吃素，汉地才开始吃素。吃素好不好？很好。但是，在一些地方，吃素非常艰难，比如青藏高原。所以，佛教也允许吃肉。吃肉时，佛教徒会用很多仪轨，来超度被吃掉的动物。佛教传统认为，动物死后，你每割它一刀，它的神识（灵魂）都会非常痛苦。只有把肉一刀一刀割完，它才能不痛苦。所以，很多高僧在吃肉之前，都会超度那动物，那么，哪怕它的肉割不完，也不会痛苦。这是佛教的一种说法，对不对，另当别论。

虽然佛教允许在万不得已的情况下吃肉，但不提倡杀生，更不提倡甚至反对一种杀生的哲学。佛教认为，任何生命都有理由和我们共存于这个世界，都有理由和我们共存于同一个空间，不能伤害它们。哪怕不得不伤害它们，也一定要明白，这是罪恶，需要忏悔，不能沾沾自喜。当人类充满这种美好的、善的、不杀生的哲学时，战争就会越来越少。如果老是提倡杀生，人类就会越来越充满暴力，充满邪恶。所以，佛教哲学和中国传统哲学，

人类是需要善的、光明的东西。所以，我们提倡不杀生的理念，做得到的人，可以照着去做；做不到的人，我们也不强迫他去做。

都不提倡杀生，都提倡善待生命。

那么，在日常生活中，你可以吃点肉，但不要贪肉，也不要屠杀小动物，更不要宣传着让别人也去屠杀小动物。否则，你就是罪恶的。而当某些动物泛滥成灾时，很多人都会去打。但打的时候，自己应该向那些生命道歉。虽然你为了自己的生存必须这么做，但对那些生命来说，伤害仍然是存在的。你不该杀它们。

人类是需要善的、光明的东西。所以，我们提倡不杀生的理念，做得到的人，可以照着去做；做不到的人，我们也不强迫他去做。

谴责恶不如倡导善

前些时，社会上对两种凶手的关注度很高，一种是杀害幼儿的凶手，一种是杀害自己的凶手。前者称校园凶手，后者便是富士康跳楼的那些员工。后者本质上也是凶手，只不过他们屠杀的对象，是自己的生命和亲人的幸福。

我在分析那些校园凶手的杀人动机时，归纳了三点：一是信仰的丧失，凶手的人生中没了“盼头”；二是分配的不公，导致积怨成暴；三是生理原因，无法排遣怨愤，不能自主身心。生活中，当一个人感到不如意时，心灵是极为脆弱的，容易产生极端行为。当他心中充满仇恨和愤怒时，最需要的，其实是别人的关怀。这时，如果他的身边出现诸多顺缘，出现关心他、爱护他的人，其命运轨迹是能够改变的。佛教中称之为“境由心造”，或是“命由心造”。

有时候，一个微笑是能改变一个人的命运。一堆炸药，要是没有雷管和导火索，是不会爆炸的。有时，岁月也会让一些烈性炸药失效，变成肥料。我遇到过许多自称“浪子”的，他们可能是潜在的凶手，但在某种善文化的熏染下，通过科学的身心调理，遇到向上的教育环境，他们大多改变过来了。生活中不乏这样的例子。只要给予足够的爱，那些身心有缺陷者，照样能相对健康地度过一生。而富士康的某些管理者，将那些跳楼者，归于其心理疾病，显然是无耻的。他们应当多反思一下：自己的企业环境，是不是促使了那些负面情绪的增长？在那些跳楼者的心灵陷入黑暗时，他们有没有为他们提供过 缕阳光？

汶川大地震后，很多人显示出巨大的关爱，他们的慈悲心和同情心被灾难激活了。许多人发现了自己的良心，发现那些受难者和我们是一体的，同属于一个民族，同属于一个地球。问题是，我们的良心难道必须要借助灾难才能被激活吗？我看未必，除了灾难之外，良心的激活还有许多重要的契机，社会正确的导向是最重要的一种。要是我们每一个拥有影响力的媒体，每一个拥有话语权的人，每一个有推广力度的文化团体，把这种理念传播开来，让这种激活的“良心”成为我们的一种生活习惯，变成我们的日常行为，让它像呼吸一样，不离开我们的生命，那么，那些员工是不会跳楼的。

单纯地谴责恶是不够的，远远不如倡导善有用。因为那被我们倡导的善，会变成一种善的心理暗示。一种大善文化的倡导，一种真善美的弘扬，会起到一种非常好的熏陶作用。它会形成巨大的能量场、思维场、文化氛围，诸多人就会被磁化，继而变得善良、慈爱和悲悯。当很多人都在为汶川灾区捐款时，最吝啬的人也可能掏腰包。所以，对善的倡导，远远好于对罪恶的谴责。

面对乞丐，是远离还是上前

前几天，我在北京开会，有一次走过地铁站，突然听到一种非常高亢、充满力量的歌声，我很惊喜，就朝那声音的源头望去，发现歌者是两个侏儒。他们身高不过三尺，其中一个老太太瞎了眼睛，另外一人是个邋遢的老头子。他们面前的铁碗空荡荡的，显然，没人愿意给他们一点钱。我正打算掏钱，突然有个年轻人对我说，不要给他们钱。我先是一怔，然后问他为啥不能给。他说，这两个人昨天就在讨钱。我说，他们昨天讨到的钱买了饭吃，今天肚子又饿了，当然又得讨钱。年轻人又说，他们是职业乞丐。我说，职业乞丐就职业乞丐，有啥？为啥我们不能尊重这种职业？他们年纪那么大，眼睛还看不见东西，不讨钱，怎么生存？你自己不给钱也就罢了，何必阻止别人给钱？

事实上，这个时代的好多媒体——尤其是一些主流媒体——都在叫人们不要怜悯这些不讨人喜欢的群体。北京是这样，深圳是这样，许多城市都是这样。他们根本就不知道，自己宣传的不是一种社会责任，而是一种冷漠和无知。这种宣传，会扼杀人类心中的美好，加剧人与人之间的猜疑，让人们越来越不愿意怜悯别人。因为大家觉得，我在辛苦赚钱，凭啥这些人只要出卖尊严，就能不劳而获？但是，我问问大家：给你一个陶瓷碗，你愿意坐在街边要饭吗？你愿意顶着烈日，淋着大雨，忍受形形色色的白眼和耻笑，仅仅是为了不劳而获吗？我想，很多人都不愿意。好多活得非常困难的人，甚至不愿别人去怜悯他，因为这会伤害他的尊严。那么，为什么还有职业乞丐？是他们天生没骨气，不怕人耻笑吗？不是的。但是，对于一些人来说，如果不这么做，他们就活不下去。

这个世界上，并不是每个人都有赚钱养家的能力，更不是每个人都有同等的机会和资源。有些人得到了这些东西，就说明有些人会得不到。我们最需要做的，不是不去帮那些乞丐，而是如何让找不到工作的人、失去劳动能力的人也能体面地、有尊严地生活，这需要制度上的保证。我打个比方：一个地方很脏，又没有垃圾桶，那么，就算你再三强调不能乱扔垃圾，或者乱扔垃圾一种大善文化的倡导，一种真善美的弘扬，会起到一种非常好的熏陶作用。它会形成巨大的能量场、思维场、文化氛围，诸多人就会被磁化，继而变得善良、慈爱和悲悯。

可耻，也仍然会有人把垃圾扔到地上的。

当制度尚不完善时，对我们来说，就算无法改变他们的命运，无法帮助他们走出困境，也没必要落井下石，至少可以给他们一点理解、尊重和关爱。

饿着肚子谈尊严，太奢侈

2009年，我在上海高校演讲的时候，有一个学生问我："雪漠老师，当我们面对一个乞丐的时候，应该怎么办？我想给钱吧，他可能是一个骗子，可能是一个职业的乞丐。他会利用我的善良，去得到很多财富。雪漠老师，您如何看待这种状况？"然后，我给他讲了一个我在深圳遇到的故事。

有一次，深圳组织了一个作家代表团，要写写改革开放后的深圳，我是被邀请的作家之一。我到的第一天，深圳所有的报纸都在炒作一个新闻，说有一个女人伪装成孕妇，挺着大肚子，在街边骗钱，希望大家不要上当。第二天的新闻是，一些有正义感的记者，请了派出所的人，将这个女人找到，并把她带到了医院去做检查，结果发现这个女人不是假怀孕，腹中的孩子已经有八个月了。于是报纸上这样写道：这个女人不惜让自己变成孕妇来骗钱。

我跟那些学生说，请问这个世界上有这样的逻辑吗？无论她是怎样的人，一个有八个月身孕的母亲，步履蹒跚地向你伸出手，希望你给她一个硬币，给肚子里的孩子增加一点营养，我们给她一个硬币又有什么了不起？就算她在骗我的钱。那么，她真的骗了我的钱吗？我就这样问那个大学里的学生。我说，这个孕妇为什么要骗我们大家的钱？她难道不想当一个作家吗？她难道不想当一个教授吗？她当然更想当一个国家公务员。但是她当不了，为什么？因为她小的时候，就没有机会受到好的教育。

一个国家的资源是相对固定的，当国家把大量的资源投向大城市的时候，西部那些小城，只会得到其中的一小点。国家对大城市的投入越多，西部很可能得到的越少。这些受不到良好教育的孩子长大后会怎么样？他没有了尊严，因为他不知道什么是尊严。当一个人饿着肚子的时候，谈尊严太奢侈了。我遇到过一些人们认为的骗子，他们通过我的儿子问我借钱，然后说过一段时间还钱。儿子问我，他们会不会还？我说不会，但是他们真的是饿着肚子。我是一个作家，在家乡人的眼中，作家是很崇高的，只要他们能够从别处得到可以满足温饱的钱时，他们是不会来骗我的，所以我叫儿子给他们钱。因为，一个骗子饿着肚子和一个教授饿着肚子的滋味是一样的。

可见，我们这个时代是一个多么功利的时代，人们对物质的欲望占据了绝对的上风，心灵的需求退到次要的位置。这种非常功利的心态，进入了我们的灵魂，甚至腌透了我们的灵魂。很多人都变得急功近利、利欲熏心、热恼、痛苦、冷漠，而自己却全然不觉。

爱，是很多问题的答案

众所周知西部的生活非常艰难，生存与环境有着巨大的冲突。也因此人就在精神的世界里去寻找活着的理由和答案。

西部的人们会问自己，我为啥要活下去？一切都在变化、消失，我能依靠什么？我该追求什么？回答这些问题时，好多西部人都选择了爱。陕北民歌里“哥哥爱妹妹”那种火辣辣的爱，也是所有西部文化中，最重要的东西。西部民歌“花儿”，就将西部人那种愿意为爱放弃生命的坚贞和刚烈，表现得淋漓尽致。

我的小说《白虎关》中记录了大量的“花儿”，

如果一个人有了这种心，就很容易生起大爱；如果一个人没有这种心，就会轻易被生活中的不如意所激怒、所伤害。因此，不要管世界怎么对你，首先要训练出一颗俱足大爱的心。

所有看过此书的朋友，都被那种质朴强烈的情感打动了。因为，它是爱最本真的表达。它非常朴素、真诚地述说着爱的行为、爱的选择，其中流露出的奉献、牺牲精神，足以令人震撼，让人动容，让人明白了西部女子强大的爱情信仰。

而爱，足以让最柔弱的女子，变成天底下最坚强的人，坚强到能够保护和守候她的爱人；爱，足以让最弱小的孩子化身为巨人，扛起超过自己无数倍的大山。所以，对很多西部人来说，爱都是一种巨大的生命能量。《白虎关》的女主人公莹儿就是这样。唱着“花儿”的她，变成了世界上最坚强的女人。或者说，唱着“花儿”的她，继承了“花儿”中爱的力量。这也是西部文化的奇妙之处。

西部文化的生命力能影响人心。它强大了文化传承者的心灵，而继承西部文化的人，用爱又丰富了这种文化。因此，西部有很多为爱而活的人，我也是其中之一。我成功的依托，正是爱与智慧。只是，我的爱跟莹儿不一样，我的智慧也跟莹儿不一样。所以，莹儿走向了死亡，我却走向了成功。

好多读者还从《白虎关》中读出了一种大象征。他们觉得，书里的沙漠就像人生，这是对的。《白虎关》和《猎原》都超越了西部土地，超越了沙湾农民，上升到世界和人类的高度，有着灵魂的深度。它们都承载了我用生命经历验证过的智慧，也承载了我对人类、对世界最深沉的爱。只要你有足够的真诚，它们就会像母亲的乳汁一样，滋养你们的心，圆满你们的灵魂。有一天，你们就会明白，这些文字背后的含义。

爱，也需要训练

现在越来越多的人知道缺乏真正的信仰是这个时代最主要的问题。而每一个真心想为世界带来善美的人，都应该倡导那些真正提倡善美、真正充满爱的文化，也就是佛教称之为“慈悲”的文化。

关于这样的大爱，中国古代先哲们谈得太多了。比如，墨子提倡“兼爱”，孔子提倡“仁”，这些理念都非常好。所有宗教中，最优秀的就是这种精神。渗透了这种精神的文化，就是优秀文化；反对这种精神，或者不具备这种精神的文化，就是恶的文化。现在有许许多多的文化，有些看起来很优秀，却不断把人类引向罪恶的、欲望的深沟，让人类伤害同类，伤害其他生命，伤害自己赖以生存的家园。但好多人都不知道。所以，我们必须为自己树立一个标准——大善。在这一标准的指引下，分辨我们身边的文化与大海般的信息。否则，我们就会轻易地迷失。

这同样需要我们证得超越的智慧，因为智慧是一种超越的爱，你用世间法的行为表达这份爱时，就是慈悲。换句话说，慈悲是一种智慧的妙用。如果没有证得超越智慧，你就很难拥有一种世间法的大爱，或者出世间法的慈悲。因为，“无缘大慈，同体大悲”的基础就是超越的智慧。假如没有这种智慧，你就会在乎回报，在乎别人怎么对你，在乎别人是否了解你的用意。在乎这些东西时，你就有了一种期待，一旦期待落空了，你就会失落，甚至生起嗔恨。无论这点嗔心有多大，或者多小，它都会损害你的爱，减少你的爱，让你无法一如既往地关怀对方。

而证得超越智慧的人不是这样的，他们不在乎别人怎么对待自己。因为，他们很清楚，别人对自己好也罢，不好也罢，理解也罢，不理解也罢，都是一点情绪，一点记忆，很快就会过去。他们既不会为了一时的赞美忘乎所以，也不会为了一时的亏待恼羞成怒。他们的心中，始终有一份浓浓的爱。因为，他们知道，所有远离真理的行为，都是源于不明白。他们只希望，别人也能像自己一样，从贪执中超越出来。

如果一个人有了这种心，就很容易生起大爱；如果一个人没有这种心，就会轻易被生活中的不如意所激怒、所伤害。因此，不要管世界怎么对你，首先要训练出一颗俱足大爱的心。

改变自己是最大的利众

有人觉得，我的写作是为了一种社会责任感，或者是想达到一种救世的目的，其实并不是这样的。写作仅仅是我生活的一种方式，是我与死神赛跑的一种方式。

我在明白之后，从来没有把任何人当成我的敌人，也不想超过任何人，我的对手永远都只有死神。从年幼的时候开始，我就在跟死神赛跑，我想在它追上我之前，升华我自己，升华我的生命价值，让自己成为一个能令自己看得起的人，同时多做一些我该做的事，不要给人生留下遗憾。此外，我不在乎自己能拥有多少东西，是不是能拥有一个世界，能拥有多少的粉丝，能拥有多少的喝彩，能拥有多好的名声，我不在乎这些东西。

所有的救世之说，往往是别人加诸我的。我不一定非要改变这个世界的什么东西，我想拯救的只有我自己，我只追求一份灵魂的安详，只传递一份明白和清凉，再没有别的东西。事实上，每个人能做到的也仅仅是这样：拯救自己。但是每个人的救自己，才是真正意义上的救世。因为，我们每一个人都是人类整体中的一部分，就像一滴海水与一片大海之间的关系一样，你没必要把它们看成两个独立的个体，它们事实上也不是独立的个体，因为人与人之间有着千丝万缕的联系，永远都在互相影响着——人与世界也是这样。

所以，有时候真正的利己其实也是利众，当每个人都改变了自己的时候，他其实也是在改变世界。因此，我们每个人都不用去考虑自己有没有改变世界的能力，这个世界能不能被改变，什么样的世界才是真正美好的世界。你需要去考虑的，仅仅是你愿不愿意改变自己，你愿意付出多少努力去改变自己，你是否知道应该怎样改变自己。

有时候真正的利己其实也是利众，当每个人都改变了自己的时候，他其实也是在改变世界。

活着是为了爱

我有一个学生，从小就被父亲逼着学这个学那个，而且父亲老是揍她，给了她一个不愉快的童年。这个父亲根本就不知道，自己的女儿二十多岁就会得绝症。陈亦新说：“如果她的父亲知道自己的孩子二十多岁就会得绝症，当时肯定不会打她的，怎么舍得打她呢？”

是的。我们怎么知道亲人什么时候会离开自己呢？所以，能够自主生命的时候，亲人还在身边的时候，我们就要好好地去爱，让他们快乐、轻松、自在地活着，让他们拥有自己的梦想，帮助他们实现自己的梦想。

我告诉我的儿子，你去实现你的梦想吧，我有工资，有稿费，肯定能让你有尊严地活着，直到你实现自己的梦想。实现了梦想，你就是我的好儿子；实现不了，你也是我的好儿子，只要你能自强不息。但是，现在好多家长都不是这样。好多人自己当不了官，却想让孩子当总统；自己成不了科学家，却想让孩子当科学家；自己没本事挣钱，却想让孩子当比尔·盖茨。不要这样对你的孩子。孩子不是家长的附属品，不要认为你给了他生命，就有了支配他的权力，他就有了被支配的责任。不是这样的。在每个人的生命当中，最珍贵的就是他的快乐、明白、健康、生命。你是这样，你的孩子也是这样。

我永远都不会把自己实现不了的梦想强加给孩子，逼着他为我的梦想奉献一生。我从小就告诉他：孩子，你做什么都行，只要有一颗干净的心，你就是成功的，你就是我的儿子；如果没有一颗干净的心，没有完善的人格，你就不配做我的儿子。我的价值体系跟流行价值体系不一样，我心中的价值与成功，就是做一个合格的人，做一个好人，做一个不被流行的社会价值体系所局限的好人。

没有人知道自己能在这个世界上存在多久，同样也不知道自己的孩子能在这个世界上存在多久，也不知道亲人能在这个世界上存在多久，所以，存在的时候，你就要好好地爱他们，不要让那些乱七八糟的东西把你的心干扰了，要放下一切。在这个世界上，只要活着，最重要的事情就是快乐和爱，此外再没有什么别的东西。

第四章 Chapter 4

大/善/之/行

活着就要发声

道的不足让我们不知去处

时下的城市文明和商业文明，大多以赢利为目的，功利性很强。在这种文化的熏陶下，一些人不可避免地带有相对强烈的功利色彩。这一点，已成为我们的集体无意识，正异化着我们的灵魂。

就像当代那些所谓的成功者们，在用术和造势上可能达到了极致，但在道的厚度上却不足。因为，功利心笼罩着他们的思想和行为，局限了他们的目光和胸襟。因此，企业家行善时，总被一些人指责成“伪善”。那善行体现出的，不一定是人格本身的大善气息，有可能是显而易见的商业图谋。这时，就难免倒了民

无论在哪个领域，初期的成功靠机遇，但真正的大成功则取决于人格。

众的胃口。功利心既成全了他们，让他们能及时捕捉到商机，也限制了他们，让他们缺少大的追求。

要知道，无论在哪个领域，初期的成功靠机遇，但真正的大成功则取决于人格。当企业家拥有大师的胸襟时，他的事业必然有大的格局。有人或许会说欲望能带来进步与成功。刚开始或许是这样，但到了一定程度，就不是这样了。功利心能让我们取得世俗意义上的成功，也会局限我们的人生格局。而能帮助我们构筑大格局的是什么呢？是博大的胸怀，高远的眼光，无我、无私、能破除执著的大智慧，是毫无贪欲的大功利。这个东西，就是“道”。

道的厚度不足，让我们付出了惨痛的代价——整个人类都在以一种非常可怕的速度堕落着。现在，好多行业都打破了自己的道德底线，疯狂地追逐利益。牛奶、大米、食用油等，生活的各方各面，都充满了丑陋的骗局。科技在进步着，人类文明却在堕落着。于是，进步的科技，就成了堕落的帮凶。人类退化为盲目追逐欲望的动物，真正进步的人类精神，真正优秀的人类文化，反而被束之高阁，得不到大部分人的理解，甚至被很多人排斥。这样的社会现实是多么的可怕！

最可怕的是，我们的孩子，一些非常纯洁的小生命，在形成独立价值观前，就被贪婪的大人们污染了。他们是社会的未来，那么，我们的社会将会走向何处呢？

百年后的人们因什么记得你？

一次论坛上，有人问我，既然你不追求名利，为啥还要演讲，还要出书？为啥老谈自己？

我告诉他，我开讲座也罢，出书也罢，都不是为了赚钱的。能赚钱当然也很好，但我的目的不是这个。如果为了赚钱，我根本就不用到这儿来，在家乡，我能赚到更多钱。但是，我不愿把生命花在那些事情上面。不是说赚钱不好，而是说，我不愿为了功利的目的，消耗自己宝贵的生命。

任何一块土地上，千百年来，都活过无数汉子，无数女人。有的汉子年轻时可能非常强壮、潇洒，很讨女人们喜欢；有的女人年轻时可能非常漂亮、妩媚，很受男人们青睐。这些汉子和女人们之间，或许曾经打情骂俏、眉来眼去，甚至上演过很多轰轰烈烈、至死不渝的爱情故事，但千百年后的今天，有谁知道他们？有谁记得他们的故事？没有。因为，岁月之水卷走了他们活过的所有痕迹，再也没有任何东西证明他们来过。

而这个世界肯定知道雪漠来过，因为，我讲了很多有价值的话，也留下了一些有价值的书。我的学生们会把演讲内容整理成文字，出版成书。这些书，又会进入一所又一所大学的图书馆，进入一个又一个读者的家中。换句话说，我做的每一件事，都可以留下去。如果留不下去的话，我就不会耗费生命去完成它。而且，将来有可能会出现一部《雪漠传》，那本书中，也会提到我的很多事情，它甚至会谈到，我在这部书里说了些什么。我演讲的每一所大学，自己也会保存一些资料，这些资料里面，就有我每次演讲的内容。百年后，甚至千年后，人们依托这些东西，就会知道世界上来过一个叫雪漠的人，还会知道他的一些行为。这些信息，会给世界带来一种不一样的东西，会为人们的心灵注入一种清凉的力量。那么，这种文化就会依托我与我的行为，一代一代地传递下去。

每个人都是这样。要是你不关怀自己，不让自己变得更大气，一百年后，下一茬的人类就不会记得你，不会知道你来过这里。包括那些你自认为值得铭记的事情，对世界来说，也不过是沧海一粟。后人们甚至不会知道，这里到底活过张三、李四，还是王二麻子？我的意思是，世界不会特别关注一个人——即使他心中有着枪林弹雨或风花雪月的故事——除非，你留下了一段有正面价值、有益于世界的故事。

追逐真正的成功

如果有人问我，雪漠，你觉得自己成功了吗？我会告诉他，是的，我认为自己成功了。

所谓真正的成功不在于出名，也不在于畅销，而在于你的作品有没有达到这四个标准：为天地立心，为生民立命，为往圣继绝学，为万世开太平。那么，什么叫“为天地立心”？就是说，你的作品是否具备天地那么博大的胸怀？是否具备大善与博爱？看过我的作品的朋友都知道，我的所有作品，就想做到“为天地立心”。有些读者一旦喜欢我的书，就会一遍遍地看下去，有的读者甚至能看上几十遍。

因为他们发现，在读书的过程中，自己的心变得更加柔软、高尚、安宁、自在了。如果一个人每天都沉浸在大善的氛围中，他就不容易堕落，也不容易变成小人。这也是我一直提倡“大善铸心”的原因。

如果一部作品能做到这一点，就能“为万世开太平”。其实“为万世开太平”，就是让读者远离欲望，追求升华，让世界变得更和谐、更和平。假如一部作品不但做不到这一点，还勾起读者的欲望，让他们堕落、放纵，去寻找色情，或者变得更加糟糕，这部作品就一点都不成功。哪怕这个时代的大部分人都在为它喝彩，哪怕它有上百万的销量，它也是失败之作。

那么，什么是“为生民立命”呢？就是说，你的作品能不能让老百姓活得好一点？武威市政府曾赠送了上千本《大漠祭》，对象是国务院有关部门和许多制定政策的专家。这为武威引来了一些投资，也为老百姓带来了很多看得见的利益。有一次，武威的一位市领导告诉我：“雪漠，你知道吗，就是因为你这样的作家，和好多有良知的知识分子一致呼吁，才引起了中央的重视，农民的负担才真正减轻了。”当然，他这只是一种自身说法。我的力量其实很有限。不过，当无数很有限的力量，为一个目标汇集在一起时，就会产生一种大力，进而促成某种结果。这就是凉州人所说：“蚂蚁撼动太行山。”

此外，我也想“为往圣继绝学”，也就是从古代先贤那里，把濒临失传的学问与精神传承下来，传播出去，为优秀的人类文化保留火种，让它们能继续利益后世子孙。比如，评论家崔道怡看过《猎原》之后，写了一篇文章，叫作《地球是这样毁灭的》，被发表在《文学报》上。文章说，如果有一天，地球真的毁灭了，外星人只要看到雪漠的《猎原》就会知道，噢，地球原来是这么毁灭的。这说明，《猎原》已经上升到人类学的高度，具有一种世界的眼光。其实我的所有作品都是这样。

有些人也许会觉得我非常狂妄，但我说这些话，不是为了炫耀自己，而是想告诉大家：不要妄自菲薄，不要以为自己是小人物，对社会难有大的贡献。要相信，只要肯努力，够专注，每个人都会一天天成长。有一天长成巨人，就能为世界带来一种利益，而且是能留下去的利益。有了这种担当，有了相应的行为，你就能建立岁月毁不去的价值，就能获得真正的成功。

在消失中寻找传承

有谁真正留意过，我们眼前的那块土地上，过往的一切正在逐渐消失。岁月迅速将当下变成记忆，然后让它消失得了无痕迹。无论是曾经的村庄，或是曾种满庄稼的田地，但今天，村庄也罢，庄稼也罢，都成了过去。很无奈，却是一种必然。

那么，我们究竟能为它做些什么呢？我们只能通过某种方式，定格这个正在消失的世界。当然，你不一定要写作，也可以摄影、画画、作词、作曲等。如果没有定格，整个人类的记忆，甚至整个人类的存在，都将不断消失，我们留不住任何东西。

世界是一团混沌，但作家的心必须是清醒的。因为，他们的笔，承载了有关未来的一切梦想与渴望。他们必须能理解这个世界，他们的心必须容得下整个世界。

但试想，如果人类没有了历史，过去的世界是什么？是一段巨大的空白。中国五千年的璀璨文明又是什么？是无情时光中一抹淡淡的痕迹。那么，我们能传承一些什么？又能积淀一些什么？

有的作家很伟大，比如曹雪芹、托尔斯泰、陀思妥耶夫斯基等，他们用文字再现了一批批活过的人——不但再现了他们的生活场景、精神世界、灵魂探索，也再现了他们承载的文化。那些了不起的大作品，无疑是历史资料的一种有力补充。它们，让苍白的记录，变成一种鲜活的存在，一种让我们能穿越时空局限，与之交流的存在——如果不去实现这样的价值，文学又有什么意义呢？

因此，我不仅仅要做一个作家，更要做一个真正的作家。我要实现一个作家的使命。我不愿停留在技巧的层面，创作一些艺术价值很高，却没有真正文学价值的东西。我更不愿用宝贵的生命，去制造一些迎合时尚的垃圾。

世界是一团混沌，但作家的心必须是清醒的。因为，他们的笔，承载了有关未来的一切梦想与渴望。他们必须能理解这个世界，他们的心必须容得下整个世界。否则，他们又有什么资格被世界所爱呢？

释家的哲学

儒释道文化中，关于善的论述比比皆是，千百年来深入人心，也广为流传。

善更是佛家的主要精髓之一，其实践者多被称为“善人”，其实践的宗旨讲究善行，如“五戒”“十善”等。我记得，季羡林先生曾在媒体上呼吁，说是传统文化研究不能忽略释家。是的，我们平时谈国学时，对儒家、道家涉及较多，而对佛家就重视不够了。

这种现象很复杂，一两句话说不清。我认为，其中一个原因是，在很多人的观念中，一直把儒家、道家归为哲学流派、思想流派、文化流派，而把佛家归为宗教流派。久而久之，形成了一些误解、偏见与习惯性思维。

如果我们换个角度看，佛家其实也是一种思想、一种哲学。那么，我们就可以不因某些敏感，而讳谈佛教文化。我曾在法兰西学院讲过东方文化，其精髓当然是佛教文化。法国学界反响强烈，某家报纸拟出专版，内容虽然没有任何佛教名相的烙印，但因为其思想渗透了佛教文化的精髓，即便专版已签发，最后还是被撤下来了，理由是：观点不对。这种状况很普遍，仿佛我们的国人不知道，佛教文化其实是中国文化的重要组成部分，没有它，中国文化便“残废”了。

在我的印象中，许多哲学、思想、文化流派的表述，虽然言辞各异，但内涵却很相似，究其核心，还是这个“善”字。善的本质，就是善待众生、利益万物。千百年来，这些善的思想深入人心，影响了一代又一代炎黄子孙。其中，佛教文化对善的弘扬最成体系，有许多重要的理论和礼仪，更有诸多实践性的指南。有人谈善文化不谈佛教，或是别有用心地解读佛教，将佛家博大精深的哲学思想，片面地简单地等同于迷信，还有人甚至认为，它是用来麻痹、欺骗、愚弄人的一种工具或手段，甚至以讹传讹，造出无数的谬论。这一切，都为佛教文化发挥更大的积极作用设置了障碍。那些谤佛者，无疑会成为人类文化的罪人。

佛教文化是中国传统文化的精髓，是中华民族——因为佛教在印度几乎“绝种”了，现在在印度传播佛教者，也多为中国人——向全人类贡献的最为宝贵的精神财富之一。其实，我们只要反过来想一下，一种文化、一些理念，如果能伴随很多民族、伴随很多国家和地区，流传几千年而不绝，这就充分证明了它的生命力，证明了它存在的合理性、必然性和巨大的文化价值。

无论是中国的雅文化，还是俗文化，其中有很多都渗透了佛教文化精神，都在弘扬真善美这个主题。佛教那许多流传下来的经典，承载了一种非常质朴的、属于人类心灵本有的积极的精神。我希望，能真正擦去蒙在佛教文化上的灰尘，让它发出本有的光明。

缺失的向往

西部土地上流传着一个故事。

尼泊尔附近有个叫盘唐的小村庄，那里住着三兄弟。他们弟兄三人都有个非常美好的向往——想要找到自己心目中的一个圣地，于是他们决定到中国西部去朝圣。走到藏地的时候，最大的盘唐巴——“盘唐巴”就是指盘唐这个地方的人——死了，临死前，他安顿两个弟弟说，你们一定要到那个圣地去，那里有一个女子，她是金刚亥母的化身，她在等着你们，找到她的时候，你们就可以实现一种超越。两兄弟埋葬了哥哥之后，就继续往西部走，走了一段时间，老二也死了。临死前，他安顿弟弟说，你一定要继续走，走到黄河倒流之地，那里的山上有一片红土，亥母化身的女子就在那里等着你。于是弟弟埋葬了二哥之后，仍然继续往前走。最后，他走到我们甘肃的刘家峡，发现这是他一直在寻找的地方，就在刘家峡的罗家洞里定居了下来，每天都修炼。吃饭怎么办呢？当地有一个女孩子——女孩子姓罗，她就是雪羽儿的原型——每天给他送饭，一直送了很长的一段时间……

多年来，我一直被这三兄弟朝圣的故事感动着。因为，它承载了一种非常了不起的精神。什么精神呢？对向往之境至死不渝的坚守和追求。这兄弟三人是用自己的整个生命向往着一种非常伟大的存在。大哥死了，弟弟们没有退缩，更没有放弃；二哥死了，弟弟仍然没有退缩放弃。在整个朝圣的过程中，他们没有质疑过这种追寻的正确性，甚至连死亡也不能将他们击垮。他们一直坚持不懈地向往着、追寻着。这种精神，是人类文化中非常令人向往的一种东西。信仰中最美的也正是这一点：向往比自己更伟大的一种存在，希望自己有一天能跟那伟大存在融为一体。当这种向往强烈到一定程度的时候，它就会让信仰者超越一切世俗诱惑，超越时空局限，甚至超越生死。

我认为，现在这个信仰缺失的时代，缺乏的正是这样的一种向往。没有向往，人就不会求索；没有向往，人就没有反思；没有向往，人就没有坚守；没有向往，人就不会向上。一群不愿向上的人，就会构成一种不愿向上的文化；不愿向上的文化，又会让那些愿意向上的人，也发生可悲的异化，会导致整个社会趋向于堕落。

所以，我们所能做的，就是保护好自己的向往，强大自己的向往，像那三个不懈追求向往之境的盘唐巴一样，在朝圣之路上至死不渝地走下去。当我们每个人都能做到这一点的时候，整个社会、整个文化都会趋于向上，这时，世界也就改变了。

没有向往，人就不会求索；没有向往，人就没有反思；没有向往，人就没有坚守；没有向往，人就不会向上。

你是有信仰，还是在迷信？

谈到信仰总是容易牵扯进迷信，而迷信其实是信仰最大的敌人。那如何区别二者呢？

诸如好多老太太跟着别人一窝蜂地信一个东西，却不知道这个东西到底是什么、对自己的生命有多么重要，这就是迷信。迷信是不知道自己需要什么，信仰是知道自己需要什么。迷信是不知道自己需要的东西对生命究竟有多么重要，信仰是知道自己活着为了什么。不去追问信仰是终极的，还是不终极的，都是迷信。

信仰必须是知其然，也知其所以然的。就是说，你要明白自己信仰的这个东西讲了什么道理。这个道理，就是宗教哲学。明白宗教哲学，有了宗教体验，能实践一种宗教礼仪，才能构成信仰。你在了解一种宗教文化——我们称之为“教”——之后的实践，就是信仰。不了解“教”，盲目地实践，就是迷信。

迷信是没有方向地、迷乱地信，就像无头苍蝇一样，四处乱转。信仰是智慧地信。有些迷信的人，可能会信一些比自己层次更低的人。比如，一些教授、学者，可能会信一种邪教。气功热时，很多有智慧的、理性的人，都拜倒在一些有着邪教色彩的群体，或某个人的门下，他们不知道自己信的那个东西，其实比自己更低。信仰不是这样，信仰的对象，必须比自己更伟大。当你明白自己信什么东西，用理性之光照亮感性之心时，才可能有信仰。理性，就是我经常谈到的“教”；感性，就是我经常谈到的“证”。它们是真理的两个翅膀，缺少任何一个，信仰也罢，真理也罢，都飞不起来。

真正的信仰和迷信的区别还在于，迷信是功利的，信仰是非功利的。信仰一旦有了功利色彩，就已经不是信仰了，变成了一种交易。比如有人说，“观音菩萨，我给你烧多少纸钱，你给我多少钱”，“今年我布施多少，明年你给我多少”，或者“你让我赚多少钱，我十倍地还给你”，等等。这些人都是在做生意。他们把观音菩萨当成了客户，或是“托”，帮他骗人。所以，迷信容易让人堕落，真正的信仰才能让人升华。

而信仰的对象不一定是宗教，只要他比你更伟大，你不是盲目地追随，是理性地向往，并且将这种向往变成你的行为时，就是信仰。注意！没有行为，就没有信仰。好多人吹牛，夸夸其谈地一辈子搞慈善，日常行为里却没有一点善，就不是信仰。如果不但搞慈善，谈慈善文化，还能像证严法师那样去实践，慈善就成了信仰。所以，我们不要迷信，要信仰。

神乎其『神』与科学

岳飞麾下的大将军杨再兴，被金兵射死在小商河，然后埋在附近。据说，他的墓一直在长大着、膨胀着。直到后来，有人说杨再兴托梦给自己，要他在那里修一座庙，那墓才不会长大。于是，村民就在那里修了一座杨再兴庙。

十三年前，我的学生雷清宇被诊断患了肺癌，而且面积很大，不好动手术。他的一位亲戚安慰他，说杨再兴托梦给自己，叫他在下午的某时某刻，在某个地方，端上一杯清水等着，就能得到神药。于是，雷清宇就每天待在那个地方，端着清水，等着杨再兴给

虽然我们没有救世的可能，但我们必须有一颗救世的心；虽然我们没有成为神的可能，但我们必须有一颗向往神性的心。

他神药。等上一段时间，就将那杯水喝掉。他喝了十多年，每次检查时，都发现肺部阴影在长大，但直到今天，他仍然活着。后来我问他，那水有什么味道？他说，没有味道。虽然没有味道，但他坚信那是杨再兴赐给他的神药。因为信，他战胜了病魔。一批一批同情他的人都死了，他今天仍活着，而且越活越显得年轻了。

在兰州，还有一个老太太，也被诊断为肺癌。那老太太每天都拜佛，到今年，已拜了二十四年。女儿不敢告诉她病情，一直瞒着，她就一直像往常那样拜佛。后来肿瘤长到她的手上，显出莲花状，拜佛磕头时，就给擦破了，疼得要命，她就在手上缠一块布，仍然拜佛。

西部有很多这样的例子，几乎任何一个村庄，任何一个群体，都会出现类似的现象。这些人甚至不用经过什么严格训练，也不用采取什么特别方式。身体的健康，就自然会受到影响。按照现代科学的说法，就是心理和精神对人的健康起到了很大的作用。

因为这些无法得到解释，很多人才会觉得，也许有一种存在比人类更伟大。对于这种存在，我们称之为神也罢，自然规律也罢，都没有关系。它也许是大自然中的一种功能性的力量。这种存在不影响科学研究，所以爱因斯坦、牛顿等人在信仰基督教的同时，仍然可以成为非常伟大的科学家。而且，恰恰因为有了一种独特的思维，一些学者才会具备更大、更高的系统性思维、整体性思维、超越性思维。因为，他们有更高的参照物，其思维的障碍也更少。

不要管他们信仰什么，信神也罢，不信神也罢，只要对他的科学有好处，能成为营养，我们就汲取它，不要把“脏水”和“孩子”都泼出去——就是说，不要同时拒绝糟粕和精华——而要学习它的一种独特的思维模式。因为这种思维我们不一定有。要知道，东方思维和西方思维、科学思维和宗教思维是不一样的，两种不一样的东西发生碰撞，相互对话、启迪，我们才能摆脱固有思维形成的惯性，产生新的东西。

是佛？是魔？

一天，有人问我：雪漠究竟是佛呢，还是魔?

我说：是魔。只是，我希望你也做我这样的“魔”，舍弃一些世间的名利和享受，为世界贡献一些好书和善文化，尽可能地与人为善，帮助别人。我希望千万别做你这样的“佛”，除了吃喝享受之外，世界得不到你的任何利益。

再一天，一位常接受我帮助的朋友骂我是“骗子”，我也告诉他，希望你也做我这样的骗子，既从经济上帮助别人，也在精神上帮助别人，让别人成长，为世界奉献多一些，索取少一些。这一说，他马上向我忏悔了。因为他发现，在我跟他的交往中，我都是奉献，从不曾索取过。

又一天，有人问，雪漠成就了吗？我答，雪漠成就不成就并不要紧，重要的是你自己怎样。对于雪漠，成就也罢，不成就也罢，都定然在为世界贡献一种好东西，都在用他的行为构建着自己的生命价值。他对世界的奉献，定然大于索取。我想，只要一个人能奉献时，他成就与否，其实并不重要了。真正的成就，就是为了能更好地奉献。比尔·盖茨对世界的贡献，定然会大于那些号称“法王”“心子”，心中却贪婪嗔恨愚痴无比的“成就者”。在我眼中，没有贴“成就”标签的丛飞——他供上百位孩子上学——才是真正的大菩萨呀！

所以，别看一个人有着什么样的标签，要看他的行为。相较于教理，我也更在乎行为。我跟别人交往时，是很少看他的身份的。无论其身份高低，我都会真心相待。于是，我最好的茶给了别人，最好的物给了别人，最好的念珠给了别人。虽然，许多时候，这也助长了一些人的贪心，但我觉得跟人真诚相交时，不将最好的给他，心中总是觉得对他不住。于是，我老对我的学生说，你们不要老是追求成就，只学我这样待人就行了。

那雪漠究竟是啥人？

我写了一段顺口溜借此回答：

雪漠是个驴，低头走夜路。

偶尔抬起头，看到天边月。

求慧也无慧，求智也无智。

只是心有光，从此不戚戚。

信仰是一种向往

信仰是什么？信仰是向往一种精神。

宗教信仰就是一种宗教精神。宗教中最重要的，就是宗教精神，而不是某种形式。所以，信仰不是一定叫大家都去念阿弥陀佛，不是叫大家荤腥不沾，更不是叫大家躲进深山老林离群索居地活着，这不是信仰。

而所谓的“宗教精神”，其实就是自省、自律、自强。当一个人有了这样的精神追求之后，我们就说他有了信仰。其中，自强就包括“向往”。向往人类心灵当中非常美的一种东西。我在中央民族大学的讲座里说过一句话，我说，大成就者是最懂爱的人。什么是大成就者？就是用整个生命实践了信仰，让信仰彻底改变了自己生命状态的人。

向往不是希望自己成为全能的神，主宰人类的命运，将世界变成自己满意的模样，而是希望自己能成为心灵的主人，变得慈悲一点、博爱一点、博大一点、睿智一点、快乐一点、自在一点。而没有向往，就没有信仰。

信仰有两点，首先是信，然后是仰。换句话说，就是你相信世界上有一种非常伟大的精神和存在，然后你用生命的实践去学习他，靠近他。这就是信仰的本质。人类就是因为有了向往，才有了比现状更高的一种追求，人类的文明才能健康地发展。如果没有向往，人类世界就会充满纷争、充满愤怒、充满贪婪，充满各种把活生生的人变成动物的东西。所以，我们虽然活在欲望之中，离不开欲望，但是我们向往一种超越欲望的生活。

我非常喜欢的一种精神是：虽然我们没有救世的可能，但我们必须有一颗救世的心；虽然我们没有成为神的可能，但我们必须有一颗向往神性的心。有了这种向往，我们才会一天比一天过得更好一点，一天比一天做得更多一点，一天比一天变得更崇高一点。

做一个好人，就是一种信仰

时下，是缺乏真正的信仰，但信仰概念又被泛化的时代。

那么信仰究竟是什么？其实信仰就是比现在活得好一点，而且，不是物质上变得更好，而是精神上变得更好。但它不一定是佛教，不一定是基督教，不一定是天主教，它甚至没有任何名字。所以，不要认为信仰就是诵经、念佛，更不是叫大家都去当和尚，不是叫大家都不吃肉，更不是叫大家都像石头一样毫无感觉地活着，这不是信仰。

信仰是尊重、包容的，是一种超越物质、肉体的精神向往。不要佛的名字、道的名字、基督的名字，或天主的名字，只要去尊重，去包容，去爱，去放下，就够了。所以，我们永远不要把自己强硬地推销给别人，要善巧地了解对方需要什么，也要尊重对方的规则，尊重对方的游戏。

比如说，我和一个孩子做他喜欢的游戏时，会遵循他的所有规则；我和另一个群体交往时，也会遵循别人的规则。遵循别人的规则，就是尊重别人。我经常告诉我的学生，当你经商的时候按照商业规则做事，不要用所谓的信仰者的心，去侵略别人。在面对其他宗教时，第一步，也是尊重他们。所以，很多当官的人问我怎么处理官场纠结时，我说，不要纠结，官场有官场的规则，你只管去尊重。尊重它的规则，就是对它最大的尊重。

所以，我们不要把自我认为的高贵强加给别人，也不要把自我认为的信仰强加给别人。面对不同的群体时，首先要尊重、包容，不能有“我”——这种智慧，佛教称之为“无我”——如果让他觉得，有一种巨大的存在在侵略他、挤压他，你就失败了。因为，禅文化的智慧像是空气，它带来的清凉，也像清风拂过人心，不用着意去推销。一旦有了推销的心，就不对了。

要明白，信仰不是让你挂在嘴上，去伤害别人。如果你把信仰当成棒子，去打别人，就不叫信仰，叫邪教。信仰的本质，是一种无我的爱，是一种没有功利的爱。哪怕你做不到平等地爱众生，只要你在对父亲的爱，对孩子的爱中做到了无我，就是信仰的一种。做一个好人，本身就是一种信仰。

信仰的本质，是一种无我的爱，是一种没有功利的爱。

「崇拜」非跪拜

我不认可那些信徒，或者教徒。

什么是“教徒”呢？就是被某种教派、某种教条、某个团体所束缚的人；什么又是“信徒”呢？就是被某种思想、某种理论所束缚的人。只要是“徒”，你就一定在跪着，你的心上就一定有束缚。这是与雪漠心学提倡的“心灵自主”相悖的。我也不认可那些盲目的个人崇拜。一些明星的粉丝为了抬高自己的偶像，不惜诋毁和贬低别人的偶像，见不得别人的偶像获得更高的人气和荣誉，这种心态相当狭隘。还有一些粉丝，为了见自己的偶像一面，不惜做出过激的行为，甚至让亲人为自己的欲望付出生命的代价，这种偶像崇拜的方式，是非常愚昧，也是非常自私的。那什么才是健康的“崇拜”呢？就是你把偶像当成某种精神的标志，然后通过向往他承载的那种精神，不断完善自己，不断调整自己的行为，让自己的生命得到真正的升华。如果你崇拜的、向往的不能令你向上，不能改善你的生命状态，这种向往就毫无意义。

同样道理，如果一种文化不能让认可它的人向上，不能改变他们的行为、改善他们的生命状态，不能促使他们多做一些有益社会的事情，这种文化就毫无意义。换句话说，没有影响力的文化，是没有存在意义的。

无论一种文化有多么优秀，它都只有在具备影响力时，才能对社会发挥真正的作用。没有话语权，没有影响力，就影响不了社会人心，影响不了人们的生活方式，那么，它就没有太大的存在价值。

向往夜空中的繁星

我的小说《猎原》中有个年轻的牧羊人，叫黑羔子，他是如此评价自己的：“我是断子绝孙的，因为我在放羊。羊啃了那么多的树，啃了那么多的草，把这块土地从肥沃的原野变成了沙漠，让很多生命从这块土地上消失了。所以我活该没有儿子，我做了无数的罪孽，我是个断子绝孙的命。”

一些人可能会觉得他小题大做，但从整个人类的命运来看，他或许是正确的。因为，表面看来我们只是自己，实际上，我们也是世界的一部分。我们每个人的行为，都关系到世界的命运。无论我们做什么，都会影响自己生活的那片土地，那里的一切变化，又会回到我们的身上，甚至影响后世子孙。就算有些人不想影响世界，不曾努力改变自己的命运，也必然对世界产生某种影响——放大了庸碌的声音，扩大了庸碌的群体。

西部文化就重视活的过程，但它关注的是利众的行为，不是个人享受，也不是口头的利众。换句话说，它不管你的话有多么冠冕堂皇，只看你做了些什么，能否真正地回报社会、贡献世界。它认为，行为构成了你的价值。如果你没有为世界带来一些好东西，带来一些正面的影响，那么，不管你赚了多少钱，都没有意义，没有价值，留不下任何东西。能创造真正价值的，只有那些用实际行为贡献世界的人。

例如一提起耶稣，就会想起他被钉在十字架上，仍然为伤害自己的人祈祷。老子、孔子、孟子、庄子等哲学家也是这样。他们的肉体早就消失了，但人们一想起他们，一想起他们代表的精神，心里就会充满温暖，充满希望。物质很快就会毁灭，无法代代相传，包括人的肉体。只有这样的精神，才可以一代又一代地传递下去。因此，承载这种精神的人，总会化为夜空中的繁星，照亮整个人类的黑夜。

就像托尔斯泰，他一直觉得不劳动的贵族无权享受劳动者的成果，更不该看着劳动者陷入贫苦而无动于衷。因此，他想了个法子，把土地还给农民。但是，不仅贵族们不理解他、反对他，就连农民们也不相信他。然而，他还是那么做了。而且在做事的过程中，他的心灵富足、快乐、坦然。因为他不是做给世界看的，他只是在做自己该做的事情。因此，他才能成为那个时代最耀眼的星辰之一，才能写出那么多伟大的著作，才能在百年后的今天，仍然成为人们的话题，仍然被人们敬仰和向往着。

所以，假如你向往他们，也想做一个高尚的人，做一些有益于世界、有益于人类的事情，就尽管去做。不要管这个世界会不会质疑你，会不会猜忌你，会不会回应你。因为，你做这些事情是为了自己，不是做给世界看的。无论世界怎么对你，最终的受益者都永远是你自己。我们只管考量自己，看看自己是否一天比一天更完善，是否一天比一天更接近目标，就够了。

超越，不是逃避现实

好多优秀的人类文化、人类艺术，既有超越人为局限的智慧，又有大悲悯的境界，还有能体现大悲悯和超越智慧的行为。

有人曾经对我说，雪漠，我们都是生活在世俗里的人，就算觉得你说得有道理，也不可能舍弃世俗的一切，跑到山上去修行。我告诉他，真正的超越不是让你不食人间烟火，而是让你从名利、是非、功利等纷争中超脱，用所有的生命完善自己的心灵，完善自己的人格，然后在这种前提下，做一些世俗的事情。你说的，是一种逃避，不是我说的超越。

而雪漠心学强调的超越，不是逃避现实，恰恰一个人只有打破环境的局限，明白现实到底出了什么问题，并且吸收了一种先进理念，才能真正地完成超越，才有足够的能力介入现实。

相反，是介入现实。无法介入现实，就没有实现真正的超越；实现不了超越的人，就无法真正地介入现实。因为，他就像漂浮在大海上的一片树叶，只能随着波涛颠簸，改变不了大海的走向；他也像旋风中的落叶，被巨大的气流啸卷着，改变不了气流的方向。换句话说，就算他有介入现实的心，也没有介入现实的能力，就连这点心，也会轻易被现实卷走。

很久以前，我到北京去，发现老北京的一些公共厕所很脏，里面有很多蛆滚来滚去。但是，不管蛆们闹腾得多么热烈，厕所的现状都无法被改变。因为，能改变厕所的，只可能是发现厕所需要被改变的人，不可能是陷在厕所里的蛆。蛆们不知道厕所很脏，它们反而觉得在粪池里游泳很快乐。只有它们进化为人类，有了人类的觉知，它们才会明白，自己贪恋的东西，其实非常肮脏。这时，它们才会渴望一个更干净的厕所，或者寻找一个很好的抽水马桶。

换句话说，一个人只有打破环境的局限，明白现实到底出了什么问题，并且吸收了一种先进理念，才能真正地完成超越，才有足够的能力介入现实。这时的介入，才叫“以出世之心做入世之事”，积极地入世做事，但不会被世界上的诸多概念左右。可见，要想贡献社会、贡献世界，就必须首先训练出一颗超越的心。超越看起来很难，其实非常简单，就是不断打碎过去的自己。比如：特别喜欢享受时，就打碎那个喜欢享受的“我”；特别喜欢追名逐利时，就打碎那个追名逐利的“我”……

不断打碎自己、战胜自己，一天比一天更接近崇高，让心灵变得清净、朴素、简单，就实现了超越。不要把它想得太复杂了。要知道，世界上最可爱的人，就是最质朴、干净、简单的人，不是最有心机、最花里胡哨、最丰富的人。

死亡是人生的定格

在《白虎关》研讨会上，我发现，对于某些问题，东部人和西部人的看法是截然不同的。

比如，好多东部读者都问我，莹儿为啥要寻死？他们不能理解，也不能接受这个结局。他们觉得，莹儿既然九死一生地走出了沙漠，甚至愿意嫁给猛子，为啥宁死也不肯嫁给赵屠夫？但西部读者不会问我这个问题。

因为，西部人对死亡的看法，跟东部人完全不同。在西部人眼里，生命只是一个过程，如何死去，比如何活下去要重要得多。他们认为，人的价值，就定格于死亡的那一刻。如果一个人为救人而死，他就是英雄；如果他为杀人而死，就是罪犯。不管他生前怎么样，赚了多少钱，有多少楼房，都改变不了这一点。在《白虎关》中，猛子面临死亡时，曾专门思考过这个问题。他那时的好多想法，就代表了一些西部人对死亡的看法。西部有好多人都可以淡然、从容地面对死亡。因为，对西部人来说，死亡是人生的最后一个行为，也是最重要的行为。它足以展示自己一生的尊严、追求与存在，是值得珍视的。

又例如，很多人都看过《红楼梦》的小说，或者电视，大家愿意林黛玉那么美好的女子，嫁给薛蟠那样的好色之徒吗？《红楼梦》中的林妹妹是最美的，在贾府落难前，她就死去了。如果她没有死，嫁给了任何一个不如她的男子，清凌凌的水，就会变成糨糊般的泥水，这有啥意思呢？所以，西部人把死亡看成人生中最美的定格。东部人之所以不理解西部人的这种人生观，是因为，他们将死亡看成了一种毁灭。

其实，东部也有过这样的定格。例如苏小小。苏小小很年轻就死去了。但她认为，能在最美的时候死去，是上天最大的恩赐。因此，很多文人都把她当成最美的女人来尊重和祭奠。后来，好多文化涌入东部，像苏小小这样的女子就越来越少了。人们宁愿苟且地活着，也不愿高贵地定格自己的生命。

但死亡不一定是毁灭，有时，它会把一个人的生命瞬间点亮。因此，莹儿的死并不消极，反而代表了一种高贵的生命态度。它告诉这个世界，有一种东西，或许比生命本身更加重要。

当爱遇上信仰

《西夏的苍狼》中，女主人公紫晓在世俗生活与信仰的冲突当中，选择了信仰，抛弃了世俗的生活。她的这个选择，曾经在读者群中掀起了一场不小的风波——许多人都在思考，爱情一定会变成一个人追求信仰的障碍吗？难道，追求信仰就必须放弃爱情？

其实，信仰与爱并不冲突，不但不冲突，而且爱还是信仰当中一个非常重要的内容。不懂爱的人，不会有真正的信仰；真正的成就者，必然是最懂爱的人。区别仅仅在于，有的人只懂一种小爱，就是对情人、亲友的那种爱，而成就者却拥有一种大爱，一种能够遍及一切的爱。他不但会爱自己的亲人，爱自己的朋友，还会爱宇宙间所有的生灵。他的爱是无分别的，就像太阳一样，只要你不躲进阴影里面，就一定能沐浴在他那阳光般温暖的大爱当中。

当然，大爱也是由小爱升华的，但是，升华的前提是你心中必须真的有爱。很多时候，现代人不是升华不了，而是根本没有爱、没有真爱，那些被他们当成爱的，实际上只是一种类似于占有欲、控制欲之类的东西。那远远不是真爱。真爱是什么呢？真爱是奉献，是无私，是多为他人想想。好多被欲望和享受填满心灵的现代人，已经不懂得什么是爱了，他们在乎的是一种实惠，是一种索取，是一种个人的享受，这不是爱。

而令很多人不解的是，为什么紫晓一定要抛弃自己的家庭，来实现一种对爱情的超越呢？为什么不能仅仅实现心的超越，而留存那爱的形式呢？因为，她终于发现自己所拥有的，并不是真正的爱情，她实际上被一种爱的名义奴役了。她的身上其实有着每个女人的影子。这个时代，女人如果不是被男人控制，便是被社会和欲望所控制，所有的控制本质上都一样，都是在扼杀她心灵的自主，让她变成一个奴隶。为了换取生命的自由和自主，为了选择一种更有尊严和价值的生活方式，紫晓只能逃离。

紫晓的经历，能给世俗女子带来更多的启示，至少它会告诉每一个女人：你有什么样的选择，就有什么样的命运；不想像现在这样活着，你就要建立信仰，改变自己的心，学会如何在生活中做好每一个选择。

欲望的『信仰』是罪恶

有许多人问过我，信仰是什么？

我回答他，信仰本身就是目的。你为什么活着？这活着的理由就是信仰。

但是这个冷漠的时代流行的却是让人在这个过程中，如何释放欲望、贪婪、仇恨，要掠夺财富、占有资源、挥霍金钱的“信仰”。这是一种罪恶。人类要是抢子孙的饭碗，是要断子绝孙的。

这是一个非常注重术的时代，而忘了比术更重要的智慧——道。中国古代的贤者老子在《道德经》中，专门写了什么是大道。但这个时代的人，已经不注重这些了，整个世界充满了如何成功、如何满足欲望、如何刺激欲望、如何夺得更多的金钱和权力的术。人类越发自私，越发麻木，越发冷漠。要知道，这个道从中国古代春秋战国开始，一直延续到今天，一直由一些非常伟大的哲人在宣扬着，这些人把生死看得远远低于这个道。中国有句古话，“朝闻道，夕死可矣”，说早上明白了这个道，明白了这种真理，晚上死的时候也非常欣慰。但是，这个时代没有多少人注重道了，而我所说的这种道，也包括对同类有一种起码的尊重、悲悯和理解。

真正的信仰是一种人格的升华。它不一定与宗教有关。人可以信仰善，可以信仰美、信仰爱，西部很多人都信仰爱。大爱就是大真、大美、大悲悯，你付出的爱越多，你的所得就越多。什么所得？清凉，明白，自由和快乐。

要知道，人生就像是在过一座桥，信仰带来的升华就是从一个比较矮的地方，通过桥到达一个比较高的所在。这辈子活的目的，就是实现自己的价值，战胜自己的愚昧、仇恨、贪婪，变得稍微高尚一点儿。一个人的价值，就是一个人的行为，这与赚钱的多少、地位的高低没有任何关系；一个人的成功，就是把人做好，成为一个真正的人。

善是什么？

当代一些文化产品，对暴力的讴歌已达到了极致，翻开书籍，打开电视，随处都能看到许多杀人的屠夫在文人笔下成了英雄。

我们很难想象，人类怎么能将杀害自己同类的人，当成顶礼膜拜的对象呢？且不说成人社会把追名逐利视为人生最高追求。我们在提供给孩子的影视节目、书籍、玩具、电子游戏中，也有一些东西非常糟糕，比如，游戏中，杀人越多，积分越高，他越是英雄。这种可怕的成功理念，正被灌输到孩子的思想中。

所以我们要提倡善，那善是什么呢？善就是一种利他、利众，从而达到最根本的利己的一种精神和行为。其本质，就是善待众生、利益万物。善是一种文化，不是一种宗教。宗教精神里面，善的成分很重，但宗教涵盖不了善，善是一种比宗教更大的文化，是人类文明中最值得弘扬的精髓。但目前恰恰是，善文化被妖魔化了之后，人类的价值评判体系出现了问题。“善”正渐渐淡出了人类的价值评价体系。最糟糕的是，很多人还不知道我们的评价体系已出了问题，我们不是以“善”作为最高标准的参照体。

这种现象很普遍。人类的历史，就是善与恶的不断纠葛、不断斗争的历史。因为人心本身，就有善心与恶心、真心与妄心，所以善与恶，永远会较量不休，古今中外皆如此。因为人类的贪婪，远远大过人类的智慧，贪婪群体的人数，必然比追求自律、觉悟和真理的人要多得多。在人类的本性中，更多的是对欲望的追逐，大多数人总是被自己的欲望控制了心灵，更可怕的是，许多人并没有学会反省，而恰恰沉溺于欲望之中不能自拔。想想那些公厕吧，一池屎尿中，有一群群苍蝇生下的蛆，它们在欢快地游泳，品尝它们眼中的美食。它们并不知道那所在很脏，也不知道世界上还会有更美好的地方，它们很满足、很幸福、很快乐地游戏其中，乐而忘忧。它们绝不会去想活着的目的和意义，它们的混就是目的。它们只有到进化到人类的时候，才可能发现那种肮脏，但那需要多么遥远而漫长的过程啊……

而从历史的发展趋势来看，人类社会总是在不断地进步，恶占上风是暂时的，人类在不断走向光明。但我们仍需要警醒“集体无意识”，对内心的恶保持一种警觉，不遗余力地大力弘扬善。哪怕这种弘扬，只能发出萤火虫这样的光明，但在萤火虫所在的地方，就会有点光明。如果有一个火把，那么，火把所在的地方，就有了光明。不断地点燃火把，不断地传递火把，一个一个传递出去，一代一代传递下去。火把不可能照亮整个世界，但可以让人们看到方向、看到光明、感受到温暖。别人就会走向这个光明，这就是希望！

我们仍需要警醒“集体无意识”，对内心的恶保持一种警觉，不遗余力地大力弘扬善。哪怕这种弘扬，只能发出萤火虫这样的光明，但在萤火虫所在的地方，就会有点光明。

你所不了解的善

有些人喜欢简单粗暴地把人分为善人和坏人，但世上哪有什么纯粹的善人和恶人。人都是自私自利的，这不奇怪。那善又什么呢?

如果一个人不但自己生存，也让别人生存，这就是善；如果一个人只考虑自己的生存，不让别人也生存，就是恶；如果一个人能为社会、为他人、为集体着想，遏制自己的私欲、贪欲，他就是有道德的人。而一个人是好是坏，关键在于他是否自省、自律、自强；人类社会发展得是好是坏，关键也在于人类能否理性、节制、自律。

而完整的善，则指善心、善言、善行，三者的统一。所以，现在很多人认为的善，还不是真正的善，因为它带有大量的偏见和局限。比如学科、文化、民族、宗教、政治理念的局限，等等。在这么多局限下，善文化很难形成普世共识。而且，善文化目前宣扬的，多是一种小善的东西，没能上升到大善的层面。就是说，现在有很多善文化的传播者，仅仅在传播一种行为，没能让它发挥影响人心的作用。例如，他们大多停留在物质化的捐赠、支援、资助等行为上面，没形成大善，还停留在小善、中善的阶段。

那么，什么是小善？什么又是中善呢？小善是让人得到金钱、物质的帮助，它停留在物质层面；中善是授业、解惑，已上升到精神的层面；大善则是传播真理，传播为人之道，上升到灵魂和信仰的层面。当然，小善也很好。只是小善的行为一旦中止，影响力和效果就会中止。比如，一个贫困生接受了2000元的援助，如果他不理解其中的意义，或许就会当成一种“杀富济贫”，不用白不用。那么，2000元一旦用完，这种帮助的效果就会消失，还可能产生副作用——那捐助者可能会被当成“冤大头”，一旦停止捐助，接受捐助者就有可能产生怨恨，甚至将其体现在行为上。换句话说，如果没有正确的引导，小善带来的利益，有时反而会让人堕落。但大善不是这样。大善的作用，永远不会随着行为的中止而消失。

因为，大善是一种精神、一种文化，人们一旦明白了这种精神和文化，善的基因就会永远扎根在他们心里，影响他们一辈子。

而且，明白人会把善的光明传递给更多的人，一代一代传下去。

要知道，行为很快就会消失，行为激起的一点情绪也会很快消失，但文化可以传承，可以信仰，不求回报。这才是人类文明中最精华的部分。因此，只有以大善心，做大善行的人，才能做到大善无我，善行天下。

最坚硬的铠甲是慈悲

无数的人求财求姻缘，求着许多满足欲望的仙灵。可大多数人知道自己千求百求的财神是什么吗？

是鬼。是多财鬼。好多人可能不明白，传统说法中“财神”是被世人供奉着的神明，怎么变成鬼了呢？实际上，许多民俗文化中所说的“神”，其实也属于佛教话语体系中的“鬼”道。在佛教的话语体系中，鬼道也属于三恶道，连人都不如，因为我们还有成佛的可能性，但在鬼道想成佛却很难。为什么这么说呢？因为他们的执著很大。

为什么他们的执著会越来越大？原因很简单：他们的神通非常大，已经形成了另外一种执著，舍不得、放不下自己证得的这个东西时，他们是不可能解脱的。有执著，必无解脱。无论你放不下的是什么，爱情也罢，金钱也罢，名利也罢，物质也罢，神通也罢，智慧也罢，本质上都一样，你执著什么，什么就会困住你的心，你一旦不想失去它，在面对它的时候，你的心就不能自由，更不能自主。只要你执著某个东西，想要它永恒的时候，你就会被幻觉所缚，认假成真。当你被幻觉控制，认为它是恒常不变的真实存在时，你是无法见到世界真相的。所谓“走火入魔”就是这个原因。

一个修道者到樟木头去找我，他以前的修行就是玩弄神通，但是一到我跟前，他的神通就消失了。这样的例子有很多，好多平常神通玩得很好的人，一遇到我就没神通了。为什么呢？因为，我真心的“磁场”瞬间便把他的妄心给“磁化”了。我们所说的“降魔”就是这个道理。有神通的降魔虽也是降魔，但它用力来降伏力，就是说，用正面的力量来降伏另一种邪恶力量，是一种“以暴易暴”。这时，你的力量大就可以降伏他，你的力量小则会被他所降伏。

但究竟的降魔不是这样，它不是力与力的抗衡，而是用自己的真心调伏对方的妄心。成就者真心的巨大“场能”把对方的妄心“磁化”了。那时节，妄心之“魔”到你的面前，就生不起妄心，也生不起害你之心。所以说，大慈悲的力量，远远超越了许多功能性的力量。以是缘故，佛经上才说，慈悲是无上的铠甲。同样，真心也是无上的铠甲。

爱，没有局限

什么是真正的信仰者？我觉得，真正的信仰者是不会让民族、国家、地域、宗教等概念限制自己的心灵，局限自己的爱。

当然，他不是不爱自己的民族、自己的国家了，而是说，他不但爱自己的民族和国家，也爱其他民族和国家，甚至爱整个人类、整个世界。他的爱没有任何局限。因为，人类是一体的，不该被一些人为的概念变成彼此的敌人。无论人类世界出现过多少争斗，我们都只有一个共同的敌人——死神。在死神来临前，每一个人类都应该相爱、包容，好好地活着，活得快乐、明白，也让别人活得快乐、幸福、

在死神来临前，每一个人类都应该相爱、包容，好好地活着，活得快乐、明白，也让别人活得快乐、幸福、明白。

明白。大家想唱歌就唱歌，想跳舞就跳舞，不要用任何对立概念去分割人类这个整体。如果能做到这一点，世界就会变得非常和谐，非常美丽。

我不喜欢那些狭隘的观念，更反对屠杀，反对一些民族和教派间经常出现的血腥争斗，等等。我认为，无论有着什么理由，打着什么旗号，血腥和屠杀都是罪恶的。同样道理，我也不赞同自杀。

有人曾经问我，你怎么看待顾城和海子等自杀的诗人？我回答说，他们不想活了，我尊重他们的选择。但顾城不该杀别人。如果你杀的仅仅是自己，那你杀多少次都没关系，那是你的选择。可是，你为啥强迫别人跟你选择同一个东西？至于海子等人，如果他们死在父母后面，不娶老婆，不生孩子，那么，结束自己的生命也无所谓。但是，如果父母还活着，你就去自杀，只能说明你不负责任，不值得尊重。父母养你，不是叫你去自杀的。有了老婆孩子，就更不该自杀了。因为，你的行为会给他们带来终生的痛苦。人不能只为自己活着。所以，我并不随喜他们的自杀。

因为，自杀者本质上是凶手，只不过，他们屠杀的是自己和亲人的幸福。尤其是顾城，更不该杀他的老婆。别说杀人了，我连苍蝇都不打。最近外面很冷，老婆说，家里又进了好多苍蝇，我说："进来就好，进来就好，外面太冷了。"人家到你家里来，就是你的客人。何况，冷的滋味，谁也不好受。

用行动贯彻信念

现在，好多人都不知道什么是“大手印”，即便有些人知道，也只是听说过这个名词，或者知道有一种文化叫“大手印”，但这种文化的内涵是什么，它与生活、人生有什么关系，却少有人知。可见，大手印文化已走入一种非常生僻、深奥的小圈子了。是什么造成了这样一种非常消极的局面？

是因为大手印文化影响力的不足。就像魏晋时期的玄学，它对社会产生不了多大的影响，于是就慢慢走向消亡，最终走入历史的故纸堆。这意味着，任何一种优秀文化，一旦被局限在一个非常小的圈子里，就会失去生命活力。而我打破了大手印传统传播方式的局限，写出了“光明大手印”系列等书，期望能以一种当代人更容易接受的方式，传播大手印文化的思想与精神。我的目的很简单，就是想让外界知道，这个世界上有这样的一种文化，它能让人变得博爱、宽容、清凉、快乐、自在，它非常值得广大专家、学者去了解、研究、实践与传播。只有当它的影响范围不断扩大，从萤火虫变成火把，再从火把变成火堆，最后燃烧成漫天的智慧大火时，它才能成为中国文化的主流，为中华文明提供鲜活的营养。

同样道理，当一个人拥有了一种智慧和见地时，他就必须用相应的行为，来传递和分享这个东西。如果没有这种行为，他就不能照亮人类的心灵，不能改变人类文明的进程。那么，无论他有多高的智慧，有多高的境界，对社会而言，都没有太大的存在意义。他的存在，仅仅是一个符号，跟茶杯、石头没有本质上的区别。要是他同样没有其他行为上的利众，他甚至不能成为自己所承载的那种文化的符号，因为，他的行为没有体现出这种文化的精神。所以，我经常倡导那些非常优秀、境界非常高的人，多做一些自己能做，而且该做的事情。这就是“经世致用”。

湖南有个著名文人，叫王夫之。他的思想影响了无数的人，为湖湘文化补充了一种非常优秀的营养。这就是“经世致用”。正是因为有了这样的土壤，湖湘文化中才有了一种“敢为天下先”的精神。有人说，只要有湖南人在，中国就不会灭亡。这种精神与气魄非常伟大，跟大手印文化所说的“大功利”非常相似。

而真正的大手印一定要经世致用。好多迂腐的文人只管摇头晃脑地吟诗作对，却不关心老百姓的疾苦，那么，不管他们做出多么华美的东西，有多少人陶醉在他们的才华和境界之中，他们当时获得了多少掌声与喝彩，都没有究竟的意义。因为，对世界无益的东西，是经不起时间淘洗的，岁月的飓风一扫，它们就会消失得无影无踪。

善行的依托需要大文化的眼光

有人问我，善是一个人最起码的道德底线，为何在现今社会，却很少有人在公开场合谈善、谈奉献呢？

我告诉他，因为封建糟粕的流毒，“文革”带来的后遗症，商品经济的冲击，让很多人的精神殿堂倒塌了，陷入信仰危机。我们的善文化，遭到了前所未有的摧毁。很多人已经不思考这些东西，主动把自己降低到动物的层面，只追求物欲。甚至，当我们平时谈善、谈奉献时，有些人还会瞪着吃惊的眼睛，像看怪物似的看着我们，把我们当成伪君子或欺世盗名之徒。

这种心态很可怕，但这种倾向已经非常严重了，如果再得不到纠正，我们的社会就要付出惨痛的、不可挽回的代价。所以，我对自己写作的要求——也是我对自己的要求——就是：大善铸心，文以载道。

我接触过一些中小企业主，他们虽不乏慈善意识，但其慈善，仅仅停留在捐钱捐物阶段，还没出现形而上的升华，也缺乏大文化的眼光。其实，慈善不仅仅是一种行为，更是一种精神和境界。它的本质，仍然是文化。如果有慈善的行为，心里却没有善，也缺乏善文化的熏陶，他们的慈善，就会停留在商业企图的层面，相当于另一个领域的买卖。这样的慈善事业，是做不大的。

例如，有些人给学校捐钱盖楼，会提出刻上名字等要求。因为，那些“慈善家”想依托这种方式得到永恒。但他们不知道，这个世界是无常的，无论你造上多么坚固的建筑，也经不起一场地震和大火。有时，不需外力，一些人的负面行为本身，就会降低自己善行的价值。单纯的金钱参与，是不可能令他名垂千古的。要想在历史上留下自己的名字，就需要人格和文化的支撑。只有文化，才能建立一种超越时空、不会被岁月毁去的价值。

假如一切善行都依托人的肉体存在，它就是有限的。人活着，善行就存在；人死了，善行也就结束了。因此，如果希望善行能一直延续下去，就必须建立一种能被传承的文化。

后记
Postscript

活着就要发声

现在社会需要大力地呼吁善的传播。呼吁什么恰巧证明缺乏什么，呼吁善，因为社会缺乏善的大环境，也因此出现了各种奇奇怪怪的事情。所以，要传播善，点燃一个个善的火把，然后传递出去。而能让大善的精神一代代传递下去的，就是文化，精神借由文化可长远地传承。在科技高速发展的今天，我们同样要警觉文化的衰落。这就是本书的由来。

本书有以下特点：

一、推陈出新。本书内容主要由两部分组成，关于善和文化。乍一看，这两大主题并没有多么新颖，甚至有人会认为老掉牙了。事实上，通览全书之后，想必你已经发现，书中有着大量耳目一新的思想。读到这里的你，或许赞同我，或许仍持有异议，然而当你把目光投射到整个人类，整个历史长河中，就不得不承认，笔者呈现出的是事实。我用呈现是因为这些观点也罢，思想也罢，是这个世界本来具足，在我之前已有，在我之后也会继续存在。同样道理，除笔者外，或许也有人能感触到。所以，有很多人看书时会不由自主地认为，我很懂他们，原因就在这里，因为我们每个人心中都有光明。所以，这个“新”，其实一直都存在，只是被遗忘，被欲望淹没罢了。当四周充斥着大量教人钩心斗角的书籍时，这本书带给你的不仅仅是新颖，更多的是一股清凉和反思，反思我们的集体无意识，反思真正的善和文化中的精神传承。

现在很多人，尤以年轻人占多数，渴望形成自我的观点，对事对人能拥有自己独到的见解，我认为这是一件好事，代表了他们愿意独立思考，拒绝随波逐流。但也因此，出现了鱼龙混杂的局面，再加上多数人关心的仅仅是眼前的事，形成的思维角度也多从个人和眼前的利益出发。辨别能力不足的人，就会受到误导。这对年轻人来说，危害不可谓不小，观念的形成会导致行为选择的变化，从而会影响人的命运，为此付出的后果又不可谓不重。本书从生命的意义出发，以广远的角度，提供给追求独到见解的他们一个全新的视角，去重新审视自我，以新的角度看待身边的人与事，从而形成一个有益人生的价值观。

二、重行为，轻理论。书中多有笔者自身学习的经验，从我如何阅读，到如何写作，从对待身边的人与事，到对人类和生命的思索，都有详尽的叙述。笔者相信只有完成自己，才最具说服力。当然我并没有想要说服谁，或者要求别人，我只是把最好的自己呈现出来。有人觉得这样很好，能对他起到激励的作用，这让我感到高兴。如果有人不以为然，对我来说也没有什么损失。我分享出我的人生历程，把生命的经验化为文字，只是想告诉许多困惑的人，这世界上还有另一种活法。有个学生说遇到我之后，才知道原来人生可以活得不一样，可以拥有真正的快乐。所以，从本书里，你看不到说教，有的是我自己的经历。我一再强调行为的重要性。嘴上夸夸其谈，把事情描绘得天花乱坠，不如默默无言，用自己实践出的成果体现出价值，有相同追求的人自然就会效仿。有人或许会说看书时人人都明白该怎么做，但是真做起来会很难。确实如此，因为人身体上的惰性和欲望总是会跑出来进行干扰。所以，笔者不断地分享经验，分享出快乐和清凉，就是告诉大家，虽然实践起来不容易，但也不是做不到，战胜自己、实现超越，就在于你是否愿意一步一步地走下去。这是仅仅述说教条达不到的效果。

三、把善和文化结合起来，虽然并不是新提出的观点，然而笔者着重强调了文学作品需要有传承的精神——大善的精神。笔者从文学作品角度出发，强调作家一定要培养自身的人格，不要只考虑自己的稿费、级别，写出的作品更不是只能增加人的欲望，供人一时消遣娱乐。为什么一再强调文学作品的重要性？首先，只有文化承载的精神才能长远地传承下去，例如孔子孟子老子庄子、伏尔泰、陀思妥耶夫斯基，等等，他们的伟大思想借助文学作品流传到今日，也必定会流传到今后的世世代代，就能启迪一个又一个在灵魂上有追求的人。其次，大家都知道现在社会价值观的混乱，也都在说欲望的膨胀，如何能对当下起到扭转的作用，就是靠文化，用文学作品表述出来。当然，文学作品也可以改编成电影、电视剧，用多种手法传播，但它本身的价值是不可替代的。所以，作家的身上存在着一种责任，并不仅仅是玩弄文字。再者，市场上充斥着大量的满是欲望的书，用市场规则来说就是有需求才会有供应，有人要看，才会源源不断地有此类书。但作家不能去迎合欲望，因为人的欲望一旦得到迎合，换来的更是欲望的肆无忌惮。相反，如果作品中传递出的是善的信息，同样也会改变读者的心，因为没有人不会向往善，向往美好。欲望的一面随着心的光明也会逐渐得到抑制。所以，善行要依托文化去弘扬。

我们倡导善，我们传承文化，它们之所以是伴随人类长久的主题，是因为善和文化是我们生命中的禅心和诗意。

——2017 年 7 月 23 日定稿于沂山书院